杏野　雲

7Days セブンデイズ・

未来からの提言

東京図書出版

セブンデイズ・7Days ❖ 目次

プロローグ

人の細胞の数は37兆個、大きな象の細胞は１５００兆個もあるという。

細胞は、新陳代謝を繰り返し、常に新しい細胞に置き換わっていくらしい。１個の細胞には約2万５０００個の遺伝子があって、それらの遺伝子がコピーを続けていくのであるが、コピーの際に０・４～０・８％程度のミスが発生するらしい。

そのコピーミスが累積することで、どうも、人は老化していくのだと、以前、主治医の先生から説明を受けた記憶がある。

先生が言いたかったことは、こういうことなのだ。

つまり、人は、時間とともに老化していくことは定められていることだから、いつまでも若々しくありたいとか、美しく鏡に映りたいとか、年を取っても肌つやに潤いが欲しいだとか、そういうことを願っても仕方のないことだ、ということだと思う。

でも、老化のスピードには個人差があって、年の割に老けた人もいれば背筋をまっすぐにした若々しい老人もいるのも事実だ。

先生は、こうも言った。

老化を促進する要素として、喫煙と過度の飲酒、それと最も寄与する因子として精神的ストレスがあるという。

私は、タバコは吸わないし、お酒もほとんど飲まない。

ストレスがあるかどうかは、私としてはよく分からないけれど、できるだけ人との接触を避けるようにしている。

ここでの会話は、大体が、天気の話とか、体調の良し悪しの話とか、そんなもので、それ以外の話をする必要がない。

病室で出会う看護師さんとの会話にしても、返ってくる彼女の言葉は大方予想がつくので、いつの間にか、もう話すこともなくなってしまった。

私が、こう話すと、きっと、彼女はこう返事をするだろうと自分で勝手に想像してしまうのである。想像しているだけのうちは問題なかったけれど、いつのまにか、ついつい唇が動いてしまい、言葉が漏れるようになってしまったようだ。

昔、どこかの偉い人が、人間関係においては対話することが大事で、究極の対話は自問自答であると言っていたのを覚えている。

だから、私は、最近は、いつも自問自答して会話を楽しんでいる。

そのうち、一人で自問自答しているつもりが、ついつい、唇が自然と動いてしまい、独り言が多くなってしまったようだ。

そして、独り言は、少しずつ大きな声になってしまって、その結果、私は、立派な「精神分裂症の患者」になってしまった。

最近は、「精神分裂症」とは言わず、「統合失調症」と呼ぶらしい。

幻覚、幻聴、妄想、引きこもり等、多岐にわたる精神的障害を伴う病である。

でも、そんなことは、程度の差はあるとしても、誰にでもあることで、私は、全く、気にしていない。

ノルウェーの画家のムンクや片耳を切り落としたゴッホもそうだし、天才物理学者のニュートンも統合失調症だったらしい。

私は、決して「精神障害者」でもなく「精神分裂症」でもないのは、はっきりしているのに。

私は、人と話をしている時に、よく感じることがある。

相手が次に話す言葉が先に聞こえてくるのである。ああ、きっと、この人は次にこう言うはずだと思うと、次の瞬間に、相手は、その通りに口を開いて話してくるのである。

それで、相手が話し始める前に、相手の返事が分かってしまうものだから、私は、次の別の話題に入ってしまうのである。

だから、話し相手にすれば、突然、私が話を変えてしまうのでびっくりしてしまうようだ。私自身は普通に会話を続けているにもかかわらず、相手にしてみると支離滅裂な話の展開になっているように覚えてしまい、それで私は「統合失調症」の冠を付けられたのである。

そういうこともあって、私は、ますます、人と話をすることが少なくなってしまったようだ。

私は、いつも冷静で、物事を客観的に判断し、決して激情など発することはなく、みんなと一緒に楽しく過ごしていきたいと思っている。

これは、内緒の話ではあるけれど、どうも、私には予知能力があるように最近思い始めている。でも、このことを看護師さんに言うと、きっと、「統合失調症」の症状が進行していると思われかねないので注意しているのだ。

私には、毎日、抗精神病薬が処方されているが、飲まずに、こっそりとトイレに流して捨てている。

看護師さんには秘密であるけれど、精神病の薬には強い副作用があるので、飲んでいない。

私は、いつも物事を正しく理解していて、夜もぐっすり眠れるし、薬なんかはいらないのである。

でも、先生は、今度は、この薬を使ってみましょうかね、と言ってくる。

その代わり、私は、毎日、健康のために一杯のコーヒーを飲んでいる。

コーヒーには、いろいろな病気のリスクを下げる健康成分が含まれているというのだ。

コーヒーにはストレス抑制効果もあるし、美肌作用もあるし、コーヒーに含まれるニコチン酸には細胞の傷を修復させる効果があって老化の進行を遅らせることもあるらしい。

でも、コーヒーに多く含まれるカフェインには覚醒作用があって、飲み過ぎには注意が必要とのことだ。

先生が冗談で言っていた。コーヒーを続けて１００杯飲むと死んでしまうと。塩だってそうだ。塩は生命に欠かせないけれど多量に摂取すれば、たちまち死んでしまう。塩は毒なのである。

看護師さんは、いつも私をバカにしているようだが、そうではないのだ。私は、何が悪くて、何が良いのか、何でも知っているのだから。

看護師さんが窓にかかっていた白いレースのカーテンを開けてくれた。

窓から白い雲が流れて行くのがよく見える。

あの雲の向こうに何があるか誰も知らない。

私を除いて。


1年前、私は、あの白い雲の向こう側に行ってきた。

どうやって、行けたのかは分からない。

でも行ってきたのは確かなことなのだ。

そして今、いつもの私の病室にいる。


今から思っても不思議な7日間の旅だった。

旅の話を何人かに話してみたけれど、どうも、みんなは信じていないようだ。

そして、徐々に、私自身も旅の記憶が薄れていくようで、果たして、本当に私が行ってきたのかどうか、私さえも分からなくなっていく。


私の経験は、それなりに貴重なものだと思っている。

きっと、少しは世の中の何かの役立つと思うので、忘れる前に、ここに書き留めておこうと考えた。

プロローグ

それでは、7日間の旅の話をしよう。

ただし、この話は、7日の間に私が見たことや聞いたことだけなので、それ以上の詳しいことは分からない。

証拠を見せろと、よく言われるけれど、そんなものはどこにもない。

1日目　富士山は噴火していた

２０５０年の世界だった。

今から丁度30年後の世界だ。

次元転移装置の付いたタイムマシンで行ったのかと聞かれるけれど、そんなものはどこにもない。

ただ、病院の中庭のベンチに座って、ウトウトとしていて、目が覚めたら、別な世界にいたのだ。

場所は、どこかというと、きっと、この病院の近くの公園だと思う。

ランニングをしている人が何人かいる。

しばらくベンチに座っていると、散歩をしている老夫婦が近くを通りかかったので、勇気を出して、小さな声で聞いてみた。

「ここは、どこですか」

彼らは、私の様子を見て、一瞬、びっくりして、私の質問には答えず、しばらくして

「どうしたのですか」と逆に聞いてきた。

私は、空色のパジャマの上下で、靴は履いておらず裸足だったのである。

きっと、彼らが連絡したのだろう。

しばらくして、二人の警官が電動自転車に乗ってやってきた。

名前と住所を聞いてきたので、私は入院している病院の名前と病室の番号と自分の名前を言った。

そして、どういうわけか電話番号も言えたのだ。

番号は、555−4823である。

電話など、ずっと使っていなかったのに昔の番号を覚えていたのだ。

警官の一人は、携帯電話でどこかに連絡しているようだった。

しばらくして、近くの道路まで二人の警官と一緒にゆっくりと歩いた。

素足に歩道の路面は冷たかったけれど、それよりもここがどこか分からず、きっと道に迷ったという不安と緊張で裸足であることは全く気にならなかった。

道路脇には小さな車が1台停まっていて、運転席に若い女性が座っており、笑いながら「どうぞ乗ってください」と言った。

車の後部座席のドアがゆっくりと開いた。私は何の疑いもなく乗り込んだ。

車はエンジン音がしないので直ぐに電気自動車だと分かった。

後部座席から前の運転席を覗くとハンドルがない。

ああ、完全自動運転の車なんだ、いつから走っているのかなあと、思った。

2〜3分走って、大きな白い建物の前に車が停まり、私は、建物の中に連れて行かれた。

窓のない、小さな部屋に通された。

壁にはテレビが掛けられていて、画面ではニュースが流れていた。

アナウンサーは英語で話している。

日本語の字幕が出ているから困らない。

足下を見るといつの間にかにスリッパを履いている。

しばらくすると、白衣を着た二人の男の人が部屋に入って来て、何か飲みますか、と聞いてきた。

そういえば、喉が渇いていて、何か飲みたいなと思っていたのだ。

「コーヒーをください」と言った。

「ミルクと砂糖も入れてください」と付け加えた。

「一応、念のため、体の状態を検査したいのですが、いいですか」と尋ねてきた。

「いいですよ」と答えた。検査は、これまでも病院でしょっちゅうしているから何の不安もなかった。

「でも、検査をするのなら、コーヒーではなくてお茶の方がいいかな」と私は言った。

白衣の一人は、笑いながら、「検査と言っても、たいしたことはないので、コーヒーでもいいですよ」と言った。

検査の準備をする間、私のことを聞きたいと言ってきたので、コーヒーを飲みながら白衣の二人と話をした。

公園で警官に伝えた住所と名前をもう一度話した。

「どうして、あなたがここに連れて来られたのか分かりますか」と、聞いてきた。

私は、素直に「分からない」と答えた。

「それはね、あなたが着ている服の胸に、ここの名前が書いてあったからですよ」と、言ってきた。

そうだったんだ。それで、公園で出会った警官は、直ぐに、ここに私を連れてきたのだ。

でも、なぜ、私の服にここの名前が書いてあったんだろうか。

私は、この建物は見たこともないし、ここがどこかも、全く分からなかった。

白衣の人は、続けて言った。

「でもね、不思議なのはあなたが着ている服には、この病院の名前が書いてあるけれど、あなたの服は、今、この病院で使っているものではないんですよ」

「それで、不思議に思って、いろいろと調べてみたら、あなたの服は、30年前の服だということがようやく分かったんですよ」

「さらに不思議なのは、どう見てもあなたの服は、そんなに30年も前の服に見えませんよね。昨日、洗濯したばかりのようにパシッとしていますよね」

「ちょっと待ってくださいね」と、私は言葉を挟んで、「ここは病院なんですか」と大きな声で聞いた。

そうか、私は、病院にいるのか。

でも、ここは私がいた病院と全く違うし、前に座っている白衣の人も見たことはない。

「正直なところ、我々は、大変に困っているんです」

「あなたの名前は、この病院の患者のリストに載っていないのです」

「それで、古い記録をあたってみたら、何と、30年前のカルテにあなたの名前と住所が載っていました」

「さっき、あなたが言った住所と名前ですよ」

「でも、住所と名前が一致したからといって、あなたが30年前の人だとは誰も思いませんよね。それで、あなたの血液を採取して、分析してみようということになったのです」

「幸い、古い記録が残っていたので、比較してみたいのです」

「我々スタッフは、誰一人として、一致するわけはないと断言していますがね」

「心配しなくても、いいですよ。気を楽にしていてくださいね」

血液を採られるのは好きではないけれど、それで、いくらかは今の状況が分かるのならいいやと思った。

白衣の一人は採血した小さな容器を持って部屋を出て行った。


しばらくして、その人は、三人の年配の人と一緒に戻ってきた。

かなり興奮して、「データが一致しました」と言った。

一緒に部屋に入ってきた年配の人は部長だと紹介された。

残りの二人の役職は聞かされたけれど忘れた。

私は、「よく分からないけれど、そんなに大変な事なのですか」と言った。

誰も、直ぐに答えることはできず、やっとのことで、「もう少し、調べてみたいのですが」と私に聞いてきた。

私は、別に予定もないし、「いいですよ。でも、私はどうすればいいのですか」と言った。

「今、部屋を用意しますので、そちらの方で、ゆっくりしていてください」と言われた。

彼らは、何か小さな声で話し込んでいて、しばらくして、こう言ってきた。

「用意する部屋は、二人部屋ですが、いいですか。一人だと退屈するでしょうから」

私は、何人の部屋でもいいと思った。前の病院では四人部屋だったから二人部屋ならいいなと思った。

今から思うには、どうして二人部屋だったかというと、きっと私を監視するためにわざわざ個室ではなく二人部屋にしたのだと思う。

しばらくして、長い廊下を歩き、動きの速いエレベーターに乗ってから、部屋に案内された。

エレベーターは静かで全く揺れることはなく上に着いた。

確か、15階だったと思う。

既に部屋には、一人の男が居て、「よろしく」と挨拶してきた。

私も、軽く頭を下げて、「よろしくお願いします」と言った。

年は、私よりもかなり若く、でも、どうみても病人らしくなかった。

私は、どちらかというと人見知りをするようなことはなく、誰とでも気楽に話ができる。

でも、決して、本当のことは言わないようにしている。

別に、ウソをつくわけではないけれど、必要なこと以外は話さないように注意している。

彼の名前は、浅野譲二という。

私は、ジョーさん、と呼ぶことにした。


「少しお昼の時間を過ぎているけど、昼飯を食べに行きましょう」とジョーさんが誘ってくれた。

私は、何も知らないので、彼についていった。

頼めば部屋まで食事を持ってきてくれるけど、食べに行った方が気分いいでしょう、とのことだ。

部屋を出てしばらく廊下を真っすぐに歩いて行くと広いロビーがあって、幾つかの椅子と机が置いてある。大きなガラス窓がある。近くに高い建物がないので遠くまで見渡せる。

ジョーさんは食堂と言うけれど、全く、食堂らしくない。

壁際にはゆったりとした大きなソファーも置いてある。

カウンターがあって、そこで料理を注文して、好きな場所に座っていると注文した飲み物とか料理を持ってきてくれるという。

食堂は24時間開いていて、いつでも自由に使えるという。

私は、メニューがよく分からなかったので、ジョーさんと同じものを注文した。

「まるで、高級レストランみたいですね」と嬉しくなってジョーさんに言った。

ここの食堂は、テーブルや椅子などの調度品をはじめ照明器具など全てが立派なもので、とても病院とは思えなかった。

「ここでは、食事だけが楽しみだからね」とジョーさんが答えた。

「あのう、質問してもいいですか」と私は、小さな声でジョーさんに聞いてみた。

「何ですか。何でも聞いてくださいね」とジョーさんは優しい声で私の顔を見ながら答えた。

「私、お金、全く持っていないんです」

ジョーさんは、しばらくの間、何も答えず、じっと私の顔を見つめて、そして笑いながら言った。

「お金なんか誰も持っていませんよ。ずっと前、もう何年も前からお金は無くなったんですよ。お金のことは何も気にする必要はありませんよ」

「でも、それでは私の食事代とか部屋代とかは誰が払うんですか」と、私は聞き返した。

「うーん、それは、ちょっと説明が難しいなあ」

「あなたが生活していくための費用は、食事とか電気とかガスとか薬代とか、洋服代とか何でもかんでも、全てあなたが前もって払っているということなのです」

「よく分かりませんけど」

病院での費用が掛からないというのは、健康保険でカバーしているからいいとしても、洋服代までも払わなくてもいいというのは全く分からなかった。

そもそも、お金をみんなが持っていないというのはどういうことなのであろうか。

何をどう聞いたらいいのか迷っていたら、注文した食事が運ばれてきた。

カレーライスとドレッシングがたっぷり掛かっているサラダとグレープフルーツジュースだ。

私の好みのメニューである。

カレーには横にハンバーグが添えてある。ハンバーグカレーである。

「このハンバーグはおいしいですね。ビーフですかねえ」と私が言うと、ジョーさんが答えた。

「このハンバーグはオイシイでしょう。でもね、このハンバーグは牛肉ではなくて大豆から作られた人工肉なんですよ」

この時代は、牛肉はぜいたく品で、高級レストランでなければ食べることができないとのこと。

世界的に水不足が常態化していて、その結果、これまで何度も食料危機（フードショック）が起きているという。牛肉1kgには穀物20kgが必要で、その穀物には水が15㎥ないとだめなのである。水不足はトウモロコシの栽培に大きな影響を与え、特にトウモロコシを飼料としている食肉牛の生産が減少したとのこと。

そもそも、貴重な穀物を牛に食べさせる余裕がなくなり、トウモロコシは牛に食べさせるより人の食料とせざるを得なくなったのである。

食料危機は、食料自給率の低い日本をはじめ多くの国に深刻な影響を与えたのである。

それで、大豆タンパク質の肉類の代替品としての利用が急速に進んだとのこと。

後から聞いた話ではあるけれど、ここには「昆虫食」があるという。２０５０年は何とか地球人口は１００億人を超えてはいないけれど、過剰な人口構成に対する食糧問題は解決されていないという。昆虫は、たんぱく質や良質な脂肪などが豊富に含まれていて、健康的で栄養価の高い食材だという。昔からイナゴの佃煮とかは食べられていたけれど、２０５０年では、昆虫食材はどこの店でも販売されているそうだ。ここでも、オーダーできるから次は食べてみますかね、とジョーさんが笑いながら言った。

私は、返事ができなかった。

「食後は、コーヒーか紅茶かそれともお茶にしますか」と食事を配膳してくれた人が聞いてきた。

私がどっちにしようか迷っていると、ジョーさんは、私の顔を見ながら、促すように「何にしますか」と聞いてきたので、私は、「コーヒーをお願いします」と小さな声で答えた。

私は、何でもそうだけれど、直ぐに返事ができないのである。「どちらにしますか」と問われると、どうでもいいことでも真剣に考え込んでしまうのである。その点、ジョーさんは違う。何でも、イエス・ノーが即決できるのである。私とは大違いだ。

ハンバーグカレーは、実に美味しかった。スパイスが効いていて、まったく目が覚める思いだった。

昔、仕事でインドに出張した時に食べた本場のカレーのように、実に深みのある味で体中に免疫力が湧き出ていることが感じられた。

広いロビーでは、何人かが食事をしていた。

私たちが座ったテーブルから白い富士山が見えた。

富士山の前に丹沢の山々があって、その黒々とした山並みを突き抜けるように富士山が見えた。

でも、何となく富士山の形が違うのである。

頂上がドーム状に盛り上がっていて、かなり高くなっているのだ。

「あれ、富士山ですよね」と私は大きな声で聞いた。

ジョーさんは、突然の私の大きな声にびっくりして、「そうです。正しく富士山です」と真面目に答えた。

「でも、あの富士山、形がちょっと違いませんか。頂上が丸いし、背も高いような気がしますが」私が言った。

すると、ジョーさんが直ぐに答えた。

「ああ、富士山ね。20年前に、突然噴火して形がああいうふうに変わったんです。噴火した時は大変だったようですよ。このあたりも火山灰が降り積もりましてね。何カ月も苦労したとのことです」

ああ、やっぱり富士山は噴火したんだ、と私は思った。

前から、いつかは、富士山は噴火するぞと、と言われていたけれど、誰も真剣に対応を考えていなかったから、突然に噴火すれば、それは大災害になってしまったのだろう。

食後のコーヒーが運ばれてきた。

頂上が盛り上がっている富士山を見ながらコーヒーを飲んだ。

テーブルに置いてあるミルクと砂糖を入れてスプーンでかき混ぜてすするように飲んだ。

ジョーさんは何も入れずにコーヒーを飲んでいる。

「ここにいるとね、どうしても運動不足になるので、できるだけ余計なカロリーを摂らないようにしているんですよ」とジョーさんは言った。

私も、普段は、コーヒーにはミルクと砂糖は入れないけれど、今日は、どうもいろいろなことがいっぺんに起きてしまって、頭の中が疲れ切っているようなので甘いものがほしくなっていたのだ。

「一日、一杯のコーヒーは体にいいというので、私は、いつもコーヒーを飲んでいるのですよ。その時、コーヒーに、少しシナモンを入れるんです。シナモンって知っていますか。よく、ケーキを作る時に使う茶色の粉ですよ」と私は言った。

「シナモンは知っているけど、どうしてコーヒーにシナモンを入れるんですか」とジョーさんは聞いてきた。

「シナモンは、末梢神経を活性化する効能があるんですよ。それで、少しでも体にいいのであればと思って、私は、いつも使っているんです」と私は答えた。

「そうなんですか。シナモンが神経にいいのであれば、今度、コーヒーを注文する時にシナモンを入れてくれと頼んでみましょうよ。ここは病院ではあるけれど、精神とか神経とか微妙な問題を研究している施設でもあるんですよ。すぐに入れてくれますよ」と、ジョーさんが言った。

　コーヒーを飲み終えてから、しばらくして、「そろそろ、部屋に戻りますか」とジョーさんが席を立った。

「食器は、戻さなくてもいいんですか」と私は聞いた。

「大丈夫ですよ。あそこにカメラがあるでしょう。私たちが食事を済ませたことは直ぐに分かるようになっていて、後片付けは、みんな、ここの職員がやってくれるんです。というより、私たちがもたもたして食器を落としたりしてその辺が汚れてしまうことの方が大変ですからね」とジョーさんは天井を見上げながら言った。

　確かに天井や壁を見るとやたらにカメラが付いている。

　さらに、ジョーさんが言った。

「ほら、左の手首にリングが付いているでしょう。このリングで私たちが今どこにいて何をしているのか全て監視されているのですよ。まあ、気にすることはないですがね」

監視カメラで人の行動を管理していることは昔からあったけれど、ここでは、さらに、腕に嵌めているリングによって、人の動きの運動加速度を感知して人工知能ＡＩがその人が今どのような行動をとっているかを分析しているとのこと。心拍数、呼吸数、体温変化、血中酸素濃度（SpO_2）などの複数のデータからＡＩは私が食事をしていることを認識しているのだという。


席を離れる前に、立ち上がって、もう一度、形の変わった富士山を眺めた。

やはり、噴火する前の調和のとれた富士山の方がいいなと思った。

私が、じっと富士山に見入っているのを見て、ジョーさんは、「富士山が気になるのであれば、噴火についての記録があるから読んでみたらどうですか」と言ってくれた。

「ぜひとも、読みたいですね」と私が答えると、ジョーさんは、部屋の片隅の机の前に行って、そこにあるパソコン画面を操作し始めた。

「富士山噴火の本を探してみましょうかね。ああ、何冊かあるけれど、あまり専門的でない方がいいから、この本がいいと思いますよ。それではあなたのＩＤ番号をインプットしましょう」

「私のＩＤなんか知りませんよ。どうしましょう」私は困って、小さな声で言った。

すると、ジョーさんは、笑いながら、「あなたの左腕のリングですよ。それを画面に近づけるだけでいいんですよ」と言った。

「これで、あなたが読みたい本が部屋に届きますよ」とジョーさんが言った。


「さあ、部屋に戻って昼寝でもしましょうかね」とジョーさんが言うので、私はまったく眠くもないけれど彼と一緒に部屋に戻った。

部屋に戻る時に気が付いたのだけれどドアがひとりでに開いたのである。

自動ドアなのだ。

ドアには取っ手もないし、もちろん鍵穴もない。部屋の中からロックするレバーも何一つ付いていていない。

私が驚いていると、腕に嵌められているリングをかざしてジョーさんが言った。

「これですよ、これ」

「このリングにセンサーが埋め込まれていて、自動でドアが開いたり閉まったりするんですよ。便利なようだけれど、つまり、いつも監視されているということですよ。我々は、一日に何歩歩いたとか、何をどれだけ食べたとか、エレベーターに乗ったのかどうかとか、部屋で何をしているのかとか、どんなテレビを観ているのか、つまり、すべての行動が監視されているんですよ。もう、俺は慣れたけどね」

腕のリングについて説明しておく。

これは、ジョーさんから聞いた話だ。

材質は、チタン合金で軽くて強度がある。その上、磁性がないのでいろいろな検査にも、付けたままでも支障はないとのこと。

このリングにチップが埋め込まれていて、私のＩＤが記録されているのだ。

私は気が付かなかったけれど、初めてここに来た時に、いつの間にか左手首に嵌められていたのだ。

その時は何の説明もなかったけれど、今、いろいろとジョーさんが教えてくれたのだ。

外で食事をしても、買い物をしても、この腕輪のＩＤを示せばいいのである。

この時代では、生まれた時から、腕にＩＤチップの付いている輪が嵌められる。子供のうちは樹脂製であるが大きくなってから、つまり体の成長が止まった頃からチタン製に取り換えられるという。

私の全ての行動がこのチップからセンターに集められ、そして記録され、評価されるという。

例えば、私が働いたとすると、その分の給料は全て「センター」に「ポイント」として換算されて管理される。「センター」は銀行ではないので利子は付かない。「センター」で管理されている「ポイント」の範囲内で自由に物が買えるのである。

お金は、まったく持っている必要がないのである。たとえ、持っていたとしても使うところがどこにもないのである。

現金を使わないシステムは、既に、２０２０年でもあったけれど、大きく違うところは、ＡＩで管理され、そして評価されるということであろう。

私はタバコを吸わないけれど、例えば、タバコを買ったとする。もちろん、タバコはここではべらぼうに高いけれど、値段が高いだけではない。タバコを買うと、マイナスのポイントが付くのである。

ポイントというのは、評価点のことで、その人の行動及び生活のすべてが数値化されて評価される評価尺度である。

この評価方法は、人工知能ＡＩが急速に進化した結果、可能となったシステムである。

これまで、ある程度のＡＩ化された社会はあったけれど、この時代ではすべての情報が集積され評価される社会が構築されているのである。

アイディアとしては昔からあったと思うけれど、実際に、人工知能を使ってシステムとして使うには、相当の苦労と試行錯誤があったようだ。２０５０年のシステムでも、完全なものではなく、度々、不具合が発生して、その都度、変更のために更新されているようだ。

消費税は、ここでも使われているけれど、全く一律ではない。物によって、バラバラで、人工知能がなければとても適用はできなかったのであろう。人工知能を利用したこのシステムは「完全自己責任評価制度」というらしい。

ＩＤチップによって、すべての人が管理されていて、一見、生活し難いように思えるけれど、各人の自由度は、従来通り残されているということだ。

車は、原則、自動運転の電気自動車であるけれど、従来型のハンドルが付いていて自分で運転するガソリン車も売っている。でも、もちろん電気自動車よりガソリン車の方がかなり高い。

そして、ガソリン車については、走行距離に応じてマイナスのポイントが加算される。つまり、貴重な石油資源を消費して地球温暖化を促進する炭酸ガスを排出するからポイントはマイナスになるのだ。

電車やバスなどの公共機関を使うとプラスのポイントが付く。

牛乳を買うとプラスのポイントが付くけれど、ビールを買うとマイナスのポイントになる。

つまり、どんな生活でもしようと思えばできるけれど、その選択はすべて数値化されて評価されるのだ。

当然、こういう管理社会に反発をする人々もいるけれど、多くの市民は、この「完全自己責任評価制度」を支持しているようだ。

さて、部屋に戻って、しばらくすると、先ほど頼んだ富士山の噴火についての記録の本が部屋に届いた。

ジョーさんはベッドに横になって、昼寝をしている。

私は、富士山噴火の記録を読んだので、概要を書いておく。

２０３０年5月××日、富士山が突如噴煙を上げて噴火した。

富士山は、１７０７年に宝永噴火が起きている。そして、３２３年後の２０３０年に、とうとう再び富士山が目を覚ましたのだ。富士山は、れっきとした活火山で、噴火の恐れがあるため、五合目宝永山第二火口近くに山体観測装置が設置され、噴火の予兆を常時観測記録していたのだ。

２０３０年の富士山大噴火の記録によると、ほとんど人に感知されない程度の微弱な火山性震動は観測されていたけれど、噴火に結び付くようなことはないと判断されていたようだ。

最初に富士山の異常に気が付いたのはスキーヤーだった。

これは、富士山の爆発を体験したスキーヤーの話である。

5月の富士山は、スキーヤーのゲレンデである。

もちろん、5月の富士山は登山禁止である。しかし、この時期、標高差約１０００mを一気に滑り下りられる雪面は富士山以外にはない。富士山の南面、富士宮ルートは4月に大雪が降ることが多く、5月中旬頃まで頂上から6合目近くまで大きな雪面が残っている。しかし、傾斜40度以上もある急斜面は「死の滑り台」と言われるように毎年、何件かの滑落事故が起きている。当然、この時期に富士山を滑り下りようとするスキーヤーはそれなりの技量を持っている。

富士山頂上でスキーの板を付けながら滑走の準備をしているスキーヤーの一人が、異常に初めて気が付いた。頂上付近の雪が解けていて、しかも幾らかの噴気が出ているのが見えたのである。

これは、おかしいぞと思っているうちに突然、轟音が聞こえ、噴煙が頂上火口から吹き上がっているのが見えたのである。彼は、富士山が噴火し始めたと直感したという。慌てて、近くにいた二、三人のスキーヤーに声を掛けて、「噴火したぞ！」と叫んだ。彼らは、直ちに、スキー板を履いて、頂上直下から一気に6合目を目指して滑降を開始した。誰も、後ろを振り返ることもできず、震える膝を抑えながらターンを繰り返して滑り下りた。心臓がばくばくしているのが分かったという。

やっとのことで6合目の雪面が切れている所まで滑り下りて、初めて頂上を振り返った。頂上からは真っ黒な噴煙がずっと高くまで吹き上がり、小さな噴石があたりの雪面に突き刺さるように音もなく降り注いでいる。

これはまずいと思い、彼らはスキー板を外し、肩に担いで、5合目の駐車場に停めてある車に向かって小走りに走った。

スキーヤーは彼以外にも数人はいたらしい。みんな無事に下りられたのか心配にもなったけれど、それ以上に、一秒でも早く富士山を離れたいと、それだけの思いで、他の事は一切考えられなかったという。

息を切らして、やっとのことで5合目の駐車場近くまで駆け下りてこられたけれど、車に戻るには登山禁止の札が掛かっているフェンスを越えなければならない。噴石はますます多くなってきていて硫黄の匂いも強くなってきた。

スキー板とストックをフェンスの向こう側に投げ入れ、強引にフェンスを乗り越えた。この時ほどフェンスが憎らしく思えたことはなかったとのこと。

やっとのことで、停めてあった車に辿り着いて、これで助かったと思ったという。駐車場には何台かの車が停まっていたけれど、次々とエンジン音を響かせ駐車場を出て行った。

噴石は、車の上にも音を立てて落ちてきている。フロントガラスには、もうひびが入っている。もう明らかに、時間が無いと判断し、スキー板はそこに放置して、スキー靴だけを履き替えて、車のエンジンを掛けた。スキー板とストックとスキー靴を残し5合目の駐車場を離れた。ヘアピンカーブの続く富士山スカイラインを、タイヤを軋らせながら走り下った。シートベルトはしていなかった。シートベルトを掛けることすら、その時間が惜しかったのである。

途中、何台かの車が横転している。先に駐車場を出た車かもしれない。カーブを曲がり切れなかったのだ。止まって、救助をすることはできなかった。

もう辺りは噴煙で薄暗くなってきているし、噴石はバチバチと車の屋根に当たっている。これでは、中古車としての下取りは無理だなと、どうでもいいことを思っていたら、幾つかの急カーブを曲がったところで1台の車が道路脇に停まっていて、車の陰で二人の男女が路上に傘を差して座り込んでいるのが見えた。

ボンネットからは白煙が出ている。

少し通り過ぎてしまったけれど、この時は戻って、二人を後部座席に乗せた。

二人は何も言わずに転がり込むように乗り込んできた。彼らの持っていた傘は噴石でボロボロでほとんど骨しか残っていなかった。それでも、どういうわけか使い物にならない傘の残骸をしっかりと握りしめて車に乗ってきたのだ。非常時には、人は、まったく理解できない行動をするものだ。

彼らはスキーヤーではなく、観光で5合目まで来ていたという。富士山スカイラインを下りている途中で噴火に気が付いたという。そして、彼らの車は、ボンネットとフロントガラスに大きな噴石があたり、運転ができなくなったという。私の車に乗り込んでから、しばらくして、やっと話ができたのである。

何とか、県道23号線まで下りることができた。近くに水ヶ塚公園があって、レストランがあるから、取りあえず、そこまで行ってみようということになって、もう、火山灰がいくらか積もり始めている道を走った。対向する車はみんなヘッドライトを点けている。

水ケ塚公園の駐車場には何台かの車が停まっていて、フロントガラスや屋根には火山灰が積もっている。フロントガラスに穴があいている車もある。

レストランは、もう営業を止めていたけれど、何か食べさせてほしいと頼みこんだ。やっと、カレーライスと水だけを貰った。

水を何杯も立て続けに飲み干した。生きていると初めて実感した。

テレビの臨時ニュースで、富士山が噴火したことを伝えていた。

何とか食事を済ませ、一息ついていると、次々とテレビ局の中継車がやってきた。

テレビクルーたちは、彼らがぐったりしているのを見つけると、マイクを突きつけてきた。

彼は、まだスキー用のヘルメットを被ったままで、噴煙で顔は煤けて、スキーゴーグルを首に提げていた。

彼が噴火した富士山頂から雪の斜面をスキーで滑走して生き延びてきたと話したら、いきなりカメラのレンズを向けられたという。

それで、彼が最初に富士山の噴火を目撃した男になったとのことだった。

富士山の噴火は約3カ月続いたとのこと。

富士山の端麗な形は大きく変わった。

高さも200m高くなって、3976mになり、頂上には溶岩ドームが出来上がった。

噴火の後、東京近郊は大混乱となった。

火山灰は東京都心でも、最初の噴火で10センチ近く積もったという。

噴火の直接的な被害は、もちろん熱く溶けた溶岩の流出であるが、それよりも、実は広範囲に飛散する火山灰の被害が最も深刻なのである。

2030年5月の富士山大噴火の時、山頂から流れ出た溶岩は、融雪型火山泥流となって、宝永山西側の沢を流れ下り、愛鷹山北西の斜面まで達した。幸い、東名高速道路までは流出した溶岩流は届かなかった。富士山の溶岩流は、ハワイのキラウエア火山のような軟らかい溶岩と違って粘性が高いのである。

一方、噴火に伴う噴煙は、高さ数千メートルまで上がり、偏西風に乗って、100㎞以上飛散し、房総半島を越えて太平洋上まで達した。

溶岩の流出は、ほぼ1カ月で収束したが、噴煙による火山灰は、噴火後約3カ月にわたって富士山の東側の地域に降り注いだ。

降灰は、小田原市や秦野市あたりでは50㎝を超えて降り積もり、多くの家屋の屋根がその重みで倒壊した。横浜市内でも降灰は15㎝を超え、道路は通行不能となると同時に、新幹線をはじめ全ての電車はストップした。

電力の送電は、しばらくの間は供給ができていたが高圧線への降灰が激しくなってきたことから、送電はシャットダウンせざるを得なかった。

最初の噴火後、約2時間で都心でも降灰が確認され始めた。富士山噴火のニュースは、直ちにテレビニュースやインターネットで流れたけれど、それよりも噴火による振動及び目視による噴煙で多くの市民は富士山大噴火を確認できた。

市民は、直ちに近くのスーパーマーケットに殺到した。そして、噴火後1時間で店内の食料品、日用品はすべて無くなった。さらに大停電となって、店内は暗くなり、レジも機能しなくなった。それでも多くの市民が店に押し寄せ、一部の店ではパニックとなり、略奪による商品の流出が発生した。

停電が発生し、しばらくして水が出なくなった。多くの市民は、噴火が発生した時に水の溜め置きをしたという。しかし、富士山噴火による停電が長期化するとは思ってもいなかったという。大規模地震を想定した、せいぜい1週間程度の生活に必要な用水の貯留は想定内だったけれど、火山灰の降灰による3カ月に及ぶ断水に対応することはできなかったのである。

噴火発生後、1週間は、何とか市民生活は維持できていたようだ。しかし、溶岩の流出の勢いは収まる傾向ではあったけれど噴煙は依然として激しく排出していて、時折、激しい爆発の音が低周波を伴って遠く離れた横浜市内でも窓ガラスを揺らした。

降灰がある度に道路に降り積もった灰は清掃車を走らせて除去されるが、翌日には、また再び降り積もってしまう。

都市生活を維持するためには、安定した流通網の確保が必要なのだ。もはや、東名高速道路は機能しなかった。第二東名高速道路は第一東名高速道路を補完する目的で造られたが、富士山の噴火に対しては全くカバーする能力はなかった。富士山に近い第二東名高速道路は降灰の影響をより強く受けたのである。

深夜の東名高速道路を走った人はいるだろうか。大型トラック、トレーラーが制限速度を超え、車間距離も十分に取らず、毎夜、爆走しているのである。東京都市圏の生活を維持するため、高速道路は正に動脈なのである。その動脈が機能しなくなれば都市がどうなるかは分かっていたはずなのに何の対策も取ってきていなかったのである。

それが富士山大噴火によって、重大なリスクの存在が明らかになった。東名高速道路を迂回する中央自動車道もあるけれど、たちまちのうちに大渋滞となった。東北自動車道は浦和料金所から那須塩原まで渋滞が延びる状態となった。

高速道路だけではない。富士山から東側の都市部の一般道路網も完全に寸断されてしまった。

長引く停電の影響で、ガソリンスタンドへの燃料の供給ができず、ガソリンスタンドの地下タンクに多少ガソリンが残っていたとしても、停電で燃料ポンプが動かず給油ができないのである。

断続的に続く降灰で昼間でも薄暗く、気管支を患う人が急増し、医療機関は肺疾患の患者であふれ返っていた。呼吸器に持病のある人はひとたまりもなかった。長引く停電で人工透析も十分に行うことができず多くの人が命を落とした。

火葬場は完全に機能しなくなった。電力の供給が閉ざされてしまえば、燃焼バーナーに燃料を送るポンプが作動しないし、排ガス処理装置も動かないのである。遺体の処理は、降灰の影響の少ない近隣の地方都市に移譲されることとなったけれど、処置ができたのは数週間も先のこととなった。

今、現在、生きている人の生活が優先された。

富士山大噴火のニュースは、直ちに世界中に伝わり、救援の動きがあった。

しかし、羽田空港は全く使用不能となって、かろうじて成田空港はわずかながら飛行機の発着が可能な状態であった。降灰が少ない時間帯に限って飛行機が飛来できたのである。

船舶による輸送が力強い味方となった。東京湾にも降灰はあったけれど、火山灰の降灰の中でも船舶は動いた。港湾の荷役の機能は停電で影響は受けていたものの、最小限の電力は非常電源でカバーできていた。

長引く陸上輸送制限の中で海上輸送に期待が集まったけれど、必要とされる船舶は不足し、当然のこととして船員も不足していた。

それで、急遽、廃船間近の船舶まで動員されることとなった。

世界中からあらゆる船舶が集められた。

ここで、船舶の解体リサイクルについて説明しておく。

船にも他の乗り物のように寿命がある。古くなった船は燃費も悪いし、補修費も掛かることから、おおよそ30年くらいでスクラップされる。シップリサイクルと呼ばれて、船体を構成している鉄は回収され、再度溶解されて鉄資源として再利用される。船の主体は鉄材であるけれど、エンジンにしても船室内の冷蔵庫、空調設備など、船内にある、ほとんどあらゆる機材が再利用されている。

しかし、船の解体は、労働集約型の産業で、古くは日本でも行われていた時期もあったけれど、今は、人件費の安価なインド、バングラディシュ、パキスタン、そして、一部は中国などで廃船の解体が行われている。

現在、解体のほとんどはインドである。

インドでの解体方法は、ビーチング方式といって、海面の数メートルの干満差を利用して、満潮時に砂浜に船舶を乗り上げて無理矢理に座礁させ、船首部分から次々と解体していく方式である。グジャラート州アラン・ソシアの砂浜で解体が行われている。アラン・ソシアにおける干満差は６ｍに及ぶという。

インド・グジャラート州のアラン・ソシア沖で解体を待っている船舶にまで要請がかかり、解体を中止し、急遽、東南アジア周辺から食料や資材を載せて日本に向かうこととなった。

駿河湾を航行する船舶から眺める、噴煙を高く噴き上げている富士山の眺めに驚嘆したと多くの船員は語っていたという。

また、夕方近くになると頂上から流れ下りる溶岩流は明るいピンク色をして、それこそ幽玄な風景をなしていたという。

船舶による食料の輸送は東京を救ったのである。


富士山の大噴火は日本のあらゆる生活スタイルを大きく変えるきっかけとなった。

「完全自己責任評価制度」の骨格が出来上がったのは、富士山の大噴火を契機としている。

マイナンバー制度という仕組みは以前からあるが、完全に個人を特定し、その番号によって、ＩＤ化し、すべての情報を一元化しようとシステムがスタートしたのは富士山の大噴火以降なのである。

ＩＤ番号と個人を完全に一致させるということは、個人のＤＮＡ情報とＩＤ番号を一致させるということである。

以前のマイナンバー制度は、あくまで行政手続きとか税務において個人を番号化して関連する事務手続きなどを簡便化しようとする程度のものであった。

それを個人の遺伝子情報を含めて記号化して、世界中でただ一人の人間として番号を付与し、特定しようとするものである。

以前のマイナンバー制度では、完全に個人が特定されているわけでもなく、カードを持っている人がその人であるという、実に曖昧な場面が生じてしまう。不正に使われてしまう可能性があった。

この弱点をカバーするため、全ての情報を暗号化して、その情報をチタン合金製の腕輪にして各自が左腕に嵌めるというシステムが動き始めたのである。

そうすれば、各自の行動が、一目瞭然となり、たとえ、大地震のような災害時でも、各個人がどのように行動したのか、災害・事故に巻き込まれて行方不明になってしまったとか、どこのスーパーで何を買ったとか、何でもすべての情報が集められるというのである。

これは、ＡＩ技術の急速な進歩がなければ実現はできなかった。

当然のこととして、「完全自己責任評価制度」に対しては、大きな危惧と反対があった。当初は、推進する賛成派と反対する意見はほぼ半々だったという。

だから、「完全自己責任評価制度」がスタートするまでに、内閣は1年に3回も改造する必要があったし、最後はほとんど国民投票に近い総選挙が行われた。

そして、「完全自己責任評価制度」はようやくスタートしたけれど、20年経った今でも、いろいろな解決しなければならない課題が数多く残っているという。

気になっていたことがあるのでジョーさんに聞いてみた。

「リニア新幹線はどうなったんですか？」

ジョーさんが答えた。

「ああ、リニア新幹線ね。富士山噴火の丁度半年前に品川と名古屋の区間が開通していて、噴火で東海道新幹線が長期間不通になっていた時にリニア新幹線は大活躍したんだよ。駆動電源が東海道新幹線とは別系統だったので、東海道新幹線の災害リスクに見事に対応したんだよ。今では、リニアは大阪まで繋がっているけれど、そこから先は延びていないよ。考えてみれば、何を急いで、リニアなんかに乗るの、ということさ」

2日目　完全自己責任評価制度とは

昨日の1日は、あっという間に終わった。

朝、目を覚ますと、もう、ジョーさんは既に起きていて、「ゆっくり、眠れましたか」と笑いながら声をかけてくれた。

昨日の出来事は夢ではなかったのだ。私は、突然、2050年の世界に来てしまったのだ。これからどうなるのか不安ではあったけれど、もう、どうしようもないのだ。

一人でいたら、きっと気が狂っていただろう。

ジョーさんと一緒の部屋で良かったと思った。

午前中は、レクチャーが予定されていた。

レクチャーは、私だけでなく、ジョーさんも受けているという。

朝食を済ませた後、ジョーさんと私は、同じフロアーにある別々のレクチャールームに向かった。

「別に、心配することはないですよ。いろいろなこの世界の話を聞いていればいいですよ。

私は、毎日、午前中は、レクチャールームに行って、いろいろな話をしたり聞いたりして過ごすんですよ」とジョーさんが言った。

そして、彼はレクチャールームの前で小さく手を振りながら入って行った。

私はそこから少し歩いた所の指定された部屋の前に立った。すると、ひとりでに部屋の扉が開いて、既に、二人の人が椅子に座っているのが見えた。

二人のうち、一人は、昨日、会った人だったのでいくらか安心した。彼女の名前は、佐藤さんという。私の担当者とのこと。

「どうぞ、入ってください。そこに座ってください」とにこやかに佐藤さんが言った。

きっと、私が緊張しているように見えたのであろう。

「昨日は、いろいろと、疲れたでしょう。ゆっくり眠れましたか」

私が、何と答えようかと考えていると、続けて、彼女は、言った。

「私たちは、あなたが、どの時代から、ここに来たのかは、おおよそ分かっています。それほど、不思議なことでもないのですから、あなたは、あまり心配はせずに、ゆっくりと、ここの生活を楽しんでくれていいのですよ。それで、毎日、午前中は、この部屋で、私たちと一緒に、いろいろな話をして過ごしてください。午後は、あなたの自由な時間ですので、外に出てこの辺りを歩いたりしてもいいですよ」

「あなたの腕には、センサーがついた腕輪が付いているので、あなたがどこにいるかは、いつも分かっているので迷子にはならないですから安心してください」と笑いながら言った。

昨日、ここに連れてこられた時に、気が付いたら左手首に金属の腕輪が付けられていたのだ。私が、じっと腕輪を見つめていると、彼女は言った。

「最初は、気になるかもしれないけれど、腕時計だと思えばいいのですよ。その腕輪はあなたがあなたである証拠でもあるので、決してなくならないようにしてあるのです。もちろん、腕輪を付けるのを嫌がっている人も大勢いますがね」

「そうですね、時計を付けていると思えば、特に気にならないですね」と私は銀色に光る腕輪を見つめながら言った。


午前中は、毎日、同じ部屋で、今の時代の生活の状況の説明を受けた。

午後は自由な時間で近くを歩く事もできたし、テレビを観たり、本を読んだり、インターネットでいろいろと調べたりして過ごした。

今日受けたレクチャーのほとんどは、「完全自己責任評価制度」の仕組みである。「完全自己責任評価制度」はこの時代の根幹を成すシステムで、ＡＩ技術が進化することで出来上がったものとのこと。

２０２０年でも、ＧＰＳ機能が付いたスマホがあって、位置情報は管理されていたけれど、ここでは、腕輪になっているチタン合金製のブレスレット型のセンサーに、さらに高度のＧＰＳ機能が付いている。

事の発端は、２０３０年の富士山大噴火の際の行方不明者の捜索やその後の降灰による長期の被害で多くの人が遠隔地に避難したことへの対応を完全に実施するために、半ば強制的とも思える判断でブレスレット型のセンサーを各自が付けることになったとのこと。

もちろんこれには多くの反対があったけれど実施に踏み切ったとのこと。

ブレスレット型センサーは原則として、腕に一旦嵌められてしまえばもう外すことはできない。犬の首輪と同じである。

同じ機能を持つスマホと同じと言っても、スマホはどこかに置き忘れてしまうとか、誰かが持っていってしまえば持ち主を特定することはできない。

これに対して、ブレスレット型センサーは本人と一体として管理されるので完全に間違いがないのである。だから高齢者の認知症による行方不明とか誘拐事件などには完全に対応できるのである。

さらに、ブレスレット型センサーには、本人の遺伝子情報や、体温、血圧、心拍数、血中酸素濃度（SpO_2）、歩数、移動距離、位置情報等、何でもかんでも検出・記録できる機能がある。

万が一にでも、事故に遭遇し、心肺停止になったとしても、何の緊急連絡をしなくても、直ちに、ブレスレット型センサーが心拍数の異常値を検出し、それを人工知能ＡＩが判断して、救急車が医師を乗せて現場に急行できるのである。

さらに、各自の収入、支払い金額、ポイント残高なども記録されているという。

食料品の買い物、レストランでの支払いなど、全ての生活がこのブレスレット型センサー一つで済むのである。

一切、現金での支払いが不要なのである。誰もが地下鉄も、バスも、タクシーも、このセンサー一つで利用できる。

今の時代でもカード決済が普及して、現金を待ち歩く事はないけれど、２０５０年は、全てがブレスレット型センサーを示せば事足りるのである。

さらに、市民生活行動の結果が、全てＡＩによって記録管理され、そして評価されている時代なのである。

それでは、個人の自由などはないのではと思うけれど、この時代では、脱税や汚職などは全く不可能だし、正しく生きる人にとっては理想的な社会なのである。

サラ金は、もうとっくに無くなっているし、銀行も無くなっている。お金を預けると利子が付くなどということは、それは何のことですか、ということだ。

しかし、一方では、何でもかんでも、そんなに管理されていては、人間として生きていく自由な喜びはないとして、「完全自己責任評価制度」を認めない人も存在していることも事実であるという。

そういう人々については、６日目にレクチャーを受けたので後で話そうと思う。

完全自己責任評価制度の最大の特徴は、投票権の考え方だろう。

民主主義の国々にとって、選挙における一人一票の投票権は、普遍的で揺るぎないものだと私は思っている。

でも、この２０５０年の日本では、投票権は一人一票ではないのである。

日本国民は平等では無くなったのか。

私は、この説明を受けて、戸惑ってしまったし、全く理解もできなかった。

何と、２０５０年は、投票権は一人０・５票から３票まで幅があるのである。

皆さん、理解できますか。

当然のこととして、ここに至るまで、激しい議論が起こり、国民投票が3回も行われて、今でも、投票権の問題についての議論は続いているという。

投票権は、15歳から与えられる。

15歳以上の国民は、誰でも選挙において最低0・5票の権利があるという。

犯罪者でも自己破産した人でも、最低0・5票の投票権がある。

それでは、投票権が3票の人とはどういう人なのであろうか。

簡単に言えば、正しく生活をしている人であれば3票の投票権が与えられるという。

悪いことをせず、税金も正しく払い、交通事故も起こさず、社会活動に積極的に参加し、可能な範囲でボランティア活動も行い、健康維持のための運動も継続し、そして、毎回選挙には投票しているような人は、3票の投票権を持つという。

どのようにして、投票権の数を決めるのかというと、それはAIによって各自の生活状態を「完全自己責任評価制度」の仕組みの中でポイントとしてカウントされているという。

過去の選挙（国政選挙・地方選挙）で投票した人には、投票回数に応じて「グッドポイント」が付与され、逆に投票せずに棄権した人には「バッドポイント」が付くという。これによって投票率は格段にアップしたのだ。

２０５０年は少子高齢化がさらに進み、高齢者の積極的な社会活動への参加が推奨されている。法的な定年制は無くなり、体が動いて本人に働く意思があれば何歳であっても仕事ができるのである。高齢であっても収入に応じた納税の実績に対して「グッドポイント」が付く。そして、「グッドポイント」の累積が受け取る年金額に反映されるのである。たとえ、仕事を辞めたとしても高齢者が社会活動を行えばその活動の内容に対して、それなりの「グッドポイント」が付くのである。これは高齢者にとって大きな魅力になっているという。高齢者が活躍できる、そして行動できる場面を提供して、その活動に対して「グッドポイント」が付与されるということで高齢者の生活環境が大きく改善され、そして生活意欲が増加し、その結果、医療費の負担が低減されたという。例えば、高齢者が自治会でのサークル活動に参加すれば「グッドポイント」が付く。毎朝のラジオ体操でも、週一の太極拳でもポイントを獲得することができるのである。

面白いのは、例えば、フルマラソンを完走すると「グッドポイント」が付いて、累積取得ポイントが上がるという。逆に、タバコを吸う習慣のある人は「バッドポイント」が付き、累積取得ポイントが下がるという。

タバコを吸うということは個人の自由だという人もいるけれど、喫煙がガンの発生要因になるし、あらゆる面で健康を阻害するし、さらに老化の進行を早めることが医学的にも明らかになったことから、喫煙習慣を排除することが政府の方針となったのである。

高齢化社会における医療費の負担は政府の財政に大きく影響しているので、喫煙習慣を低減することは、たとえ喫煙愛好者の反対があったとしても完全自己責任評価制度の普及において喫煙が「バッドポイント」になったのである。

これは、効果があった。見る見るうちに喫煙者は激減したのである。

選挙権に話を戻そう。

そもそも、一人一票の権利というのは、果たして、本当に平等なのであろうかということから、この重み付け選挙権制度の検討が始まったという。

国政選挙で投票率が30%程度というのは、決して平等な社会ではないのだ。

真剣にこの国のことを考えて投票する一票と、何も考えずに人気投票の気分で投票する一票では、投票の「真剣度」という見方からして、決して同じではないのだという。

それ故、累積「グッドポイント」の多い人、つまり、積極的に社会に貢献している人に高い投票権を与えることが民主主義の一つの形だと考えているのである。

ジョーさんが面白いことを教えてくれた。

いくつかの国政選挙の結果について、ポイント制の重み付け投票の選挙結果と、従来型の一人一票とした場合の選挙結果を比較したところ、当選者の結果には違いはなかったのことである。つまり、選挙権に重み付けをしたとしても結果に差異は認められなかったようだ。

でも、当選者と次席者との票差ははっきりと重み付け投票権の方が明確になって表れているという。だから、僅差での当選者の逆転のようなことは起こりにくいそうだ。

それでは、選挙権に重み付けをする必要がないのではと思われるけれど、それは、こういうことらしい。

国政選挙や地方選挙の投票率が徐々に低下していく傾向が続いたため、何とか投票率を高めようと考えに考え抜いた施策が選挙権に重み付けをすることだという。

重み付け投票権の導入により、投票率は格段に上昇したという。当然のこととして、選挙で投票すればポイントが付くし、投票しなければポイントが付かないのだから。

投票率が高くなった現在でも、重み付け投票権についての議論が続いているという。

3日目　廃棄物処理・廃棄物資源化

この2050年の世界でも、廃棄物は発生していて、昔と変わらないという。私は、前の時代でも、ほとんど廃棄物については考えてもいなかったし、その処理の仕方などについても、まったく知らなかった。

今日のレクチャーは、この時代の廃棄物の処理と廃棄物資源化・有効利用の話である。どうして廃棄物の話なのかというと、我々の生活においては、廃棄物の処理について全く気にしなくても生きていけるけれど、実は、廃棄物の適正な処理はエネルギーの問題、気候変動の問題、さらに経済システムの維持に大きく影響しているのだという。

2020年でも脱炭素社会を目指すと言われていたけれど、2050年では廃棄物の処理と脱炭素の関連はどうなっているのだろうか。

担当の佐藤さんが言うには、せっかく未来都市にきたのだから、最新の廃棄物処理と廃棄物資源化・有効利用についてのレクチャーを、ぜひとも受けて欲しいとのこと。

難しいことはないので、コーヒーでも飲みながらゆっくりと話を聞いているだけでいいと言う。

そもそも廃棄物とは、何ぞや、という素朴な疑問が湧く。

世の中、いつも、二つに分けて考えると分かりやすい。

男と女、昼と夜、クジラの潮吹きを見た人と見ていない人、富士山の頂を踏んだ人とそうでない人など、何でも二つに分けられるのだ。

「物」も二つに分けられる。

今、使っている物（使う予定のある物を含む）と、もう使わなくなった物の2種類である。

もう使わなくなった物を「不要物」又は「廃棄物」という。

だから、「今、使っている物」と「不要物・廃棄物」との物質的な違いはないのである。

綺麗か汚れているかの違いはあるとしても。

使っている人の判断で、「廃棄物」なのか、そうでない物なのかが主観的に決まってしまうのである。

「物」を構成している組成とか成分などから「不要物・廃棄物」を客観的に特定できない

のである。

つまり、「不要物・廃棄物」の性状とか成分などは、一切、決められない。多少の判断基準があるとすれば、古い物、時間が経過した物（賞味期限・消費期限）、汚れが付いてしまった物等であろう。

いつの時代でも全く同じで、廃棄物であるかどうかの判断はどこまでも主観的なもので、決して客観的ではないのである。このことが、２０５０年であっても、廃棄物の処理と廃棄物資源化・有効利用を難しくしているという。

あらゆる物、物質は、秩序ある状態から無秩序の崩壊する道を進む。これは熱力学第2法則の原理であり、誰しもが止めることはできない。

つまり、「物」は、いつかは不要物としての廃棄物になる方向を目指し、それはまったく時間の問題なのである。時間差はあるものの、全ての物質は、いつかは、必ず、廃棄物になる。

決して、逆の流れはないのである。

それでは、廃棄物のリサイクル、循環利用はできないのかと思うけれど、よく考えれば、広い意味では、その通り、できないのである。

完全なリサイクル、完全な循環利用は永久には続かないのである。

簡単に言えば、雑誌に使われる高級な紙は、回収されて新聞紙（2050年では、既に新聞は発行されていない）の原料として利用される。新聞は、一日経てば古新聞紙になって、再び、回収され、トイレットペーパーにリサイクルされるけれど、トイレットペーパーは使用されて下水道に排出される。

下水処理施設ではトイレットペーパーを含んだ下水をきれいに処理して、排水を河川を経由して海域に排出する。この時点で紙くずのリサイクルは終了する。決して、紙くずは元の紙には循環しない。

つまり、紙のリサイクルは、せいぜい2段か3段の再利用で終わり、しかもその流れは、必ず一方通行なのである。

堅固な建物も、橋も、高速道路も何年かすれば、必ず、崩壊し、不要物となる。

一日で不要物になる物もあれば、何十年、何百年もかけてゆっくりと廃棄物に姿を変える物もある。

でも、極めて僅かだけれど、決して廃棄物にならない物もあるのだ。歴史的な名画や博物館に収納されている宝物などは永久に保存され、廃棄物にはならない。世界遺産も廃棄物にならないかもしれないけれど、それなりの適切なメンテナンスが求められる。

このような廃棄物についての考え方は2050年でも変わっていない。

さて、２０５０年の廃棄物の処理はどうなっているのだろうか。

私は、最新の廃棄物の処理を教えてもらった。

廃棄物のリサイクル技術のほとんどは、私のいた２０２０年には、完成されていたとのこと。

ただ、それらの優れたリサイクル技術が広く普及されなかった理由は、リサイクルは市場経済の仕組みの中では、コストがかかり過ぎることだった。

経済的にバランスが取れなければ、いくら優れたリサイクル技術であっても誰も使うことはできないのだ。

例えば、飲料容器に使われているペット樹脂は回収され分子レベルまで化学的に分解され、再度、バージンのペットボトルの樹脂原料と同等の材質にまで仕上げることができるのだ。

いわゆる、ペットtoペットという基本的なリサイクルなのである。

この技術は１９８０年代に既に確立されていた。ただし、そのリサイクルは、石油を原料としたバージン樹脂からペットボトルを作るよりコストがかかってしまうのである。それでそのリサイクル技術は広く普及しなかった。

ペットボトルの回収率は２０２０年でもかなり高く、90％を超えていたけれど、回収したペットボトルからのペットボトルへの再生利用率はせいぜい10％程度にとどまっていた。ペットボトルに限らず、多くのリサイクルは、やればやるほどコストがかかるのである。

２０５０年の廃ペットボトルからのペットボトルへの再生利用率は、高まったものの50％程度が限界とのことだ。つまり、どんなものでも、１００％のリサイクルはできないということだ。

最も簡単な廃棄物の処理方法は、地べたに穴を掘って埋めることである。これを埋立処分という。最後の処理方法という意味で最終処分ともいう。

この方法は、これまでの人間の歴史の中でずっと続いていた処分方法で、今でも、一部の廃棄物については実施されている。

言うまでもなく、国土が狭く、降雨が多い日本においては最も避けなければならない処分方法である。

次の処分方法は焼却処理である。つまり、火を点けて燃やすという古典的なゴミの処理方法である。焼却処理は、高温で有害な病原菌等を死滅させるのにはもってこいの方法である。また、焼却処理は廃棄物の減量化でもあり、燃やすことにより燃やす前の約10分の1まで廃棄物量を少なくすることが可能である。それで、リサイクルに適さない廃棄物については、焼却処理した後に焼却残渣を埋め立てるという方法が取られてきている。

しかし、焼却処理は地球温暖化の原因となる炭酸ガスを排出する。最後にリサイクルであるが、実は、この方法が最もコストがかかるのである。いや、そうではないと思う人もいるかもしれないけれど、廃棄物のリサイクルは、いつも限定的で、一段下がったレベルでの再利用で永久にリサイクルが続くものではないのである。鉄とか銅のような単一素材の金属であれば再利用は容易ではあるけれど、プラスチックのような複合材料は硬化剤等の添加剤が多種類含まれているのでリサイクルができたとしてもその品質はリサイクルする度に劣化してしまうのだ。そして、廃棄物の洗浄、分別、処理等にどうしてもコストがかかってしまうのだ。

循環型社会と言われているけれど、それは厳密に考えれば幻なのである。たとえ、何回かリサイクルを繰り返したとしても、いつかは再利用ができなくなる状態にまで劣化してしまい、最後は焼却処理して残渣を埋立処分するしかないのである。

廃棄物を１３００℃の温度で溶融焼却し、溶融スラグを道路の路盤材として利用するという方法もあるけれど、たとえ、残渣が道路の建設資材の一部に使われたとしても、埋立処分と大差はない。

つまり、この場合、道路が最終処分場になるということだ。

そういう意味で、リサイクルは、あらゆる廃棄物を埋立処分するまでの時間稼ぎにしかならないとも言えるのである。

一般家庭の廃棄物の処理は、2050年もそう大して変わっていない。いくらかは進化しているといっても、せいぜいディスポーザーが各家庭に設置されていて、いわゆる家庭から出る生ごみ類は粉砕されて、全て下水道に流されて処分されている程度である。

本来、調理カスとか食べ残しは、家畜の餌として有効利用されてきた時代もあるけれど、もう近郊にも牛とか豚がいないので飼料としての利用はまったく不可能である。

我々の衛生的な生活に処理が欠かせないし尿は、全て、下水管に流れ、下水処理場で高度処理され、河川に流される。下水処理場で発生する脱水汚泥は高温溶融処理されてレンガや陶器タイル等の建築資材の一部として利用される。

簡単に言えば、いろいろと適切な処理を施してリサイクルしたとしても、結局は、一方通行の流れに乗って下水残渣は建築物の一部に姿を変える。そして、建物が、たとえ、100年住宅であったとしても、いつかは解体撤去されて瓦礫として処分され、せいぜい道路の路盤材として使われるしかないのだ。

つまり、住み慣れた我が家のリサイクル製品の陶器タイルや屋根瓦は、長い時間をかけて道路という形の最終処分に向かうのである。

生活資源ごみの分別はうまくいっているようだ。

資源ごみの回収はこの時代も変わらないけれど、市民が細かく分別して排出した資源ごみは、全て回収されて、資源化された分がポイントとして付けられて市民に還元されるのだという。

ポイントに還元されるといっても、直接個人のポイントになるのではなく、個人が所属する自治会単位にグッドポイントとして付加されるのである。そして、そのポイントは加入している自治会員に僅かではあるけれど還元される。

僅かであってもグッドポイントが付くのであれば住民はこぞって積極的な資源ごみの分別に努めるという。この仕組みは、加入している自治会員に限定されるので自治会への加入率は大きく高まっているという。

飴とむちではないけれど、人に何か行動を促すためには何らかの分かりやすいインセンティブを提示する必要があるという。

アルミ缶とか紙くず等は昔から有価物として回収されていたけれど、この時代では全ての分別された廃棄物にポイントがついていて価値があるというのだ。

２０５０年では、廃棄物に対する考え方が全く違っているのだ。

廃棄物は不要物ではなく、全て価値のある資源物として取り扱われている。

つまり簡単に言えば、全ての廃棄物は売れるのである。

しかも、廃棄物の種類ごとに精度を上げて分別すればするほど、その分のポイントはより高くなるのだ。

廃棄物の分別に対するインセンティブを高めることで廃棄物の有効利用は格段に進化したという。

しっかりと分別さえすれば廃棄物がより高く売れるとなれば、市民は真剣になって分別に協力するのである。

２０５０年は、廃棄物は売れる時代なのである。

ただし、病院等の医療施設から排出される、いわゆる感染性廃棄物に限っては、確実な無害化・滅菌処理が求められることから焼却処理されていることは２０５０年も変わりがない。

ただし、焼却処理と言っても、従来型の焼却ではなく、廃棄物中の炭素分については有用な資源として回収しているという。いわゆる「炭化処理」である。炭素は燃やせば炭酸ガスとなって温暖化ガスになるけれど、炭素分を燃やさずに固形炭素として回収すれば炭酸ガスの排出を抑制できるのである。

炭化処理で回収した炭素は、各種の炭素系原料として利用されている。炭素は、人工ダイヤモンドや炭素繊維の原料としても利用できるけれど、２０５０年で最も広く使われているのは土壌改良材としての有効利用である。

土壌改良材とは、化学肥料などで劣化した農地を活性化するために、昔から使われていたもので、バーク堆肥や腐葉土、木炭、竹炭などがある。化学肥料を使わず、できるだけ自然農法に近いやり方で農作物を育成しようという試みから炭素を積極的に大地に返還しようというものである。

炭化処理は、昔から、広く行われてきた技術で、いわゆる炭焼きである。炭素を含む廃木材やプラスチックや古タイヤなどを低酸素状態で、数百度の温度で加熱すると乾留ガスが発生して、残渣として固形炭素が回収できる。乾留ガスには、ＣＯガスや水素ガスが含まれるので、これらのガスからタール分を取り除いてガスエンジンで燃焼させて発電機を回すことができる。この技術は、ずっと以前から存在していたけれど回収した炭化物の利用が安定しなかったことが普及を阻害していた。

地球温暖化ガスCO_2の削減目標とした脱炭素の流れが廃棄物の炭素化処理を復活させたのである。

炭素循環は地球温暖化防止の大きな柱となったのである。

どうして、２０５０年は、廃棄物に価値が認められる時代なのであろうか。

ここで、物を構成している元素について考えてみよう。

地球上の有機体のほとんどは、植物を含めて炭素と水素と酸素でできている。

他にも、塩素とかカルシウムとか鉄とか硫黄等の無機系の元素もあるけれど、圧倒的に多いのが炭素と水素と酸素である。

水素と酸素は、いわゆる「水」で、広大な海辺に立てば地球が水の惑星であることがよく分かる。

我々の身体は、実は個体ではなく、膜で覆われた液体と言っていいくらいで、ほとんど「水：H_2O」でできていて、その割合は約70％である。それ以外は炭素でできていると言っていい。昔、土葬が主流であった時代は、遺体を構成していた物質は、全て、大地に戻されて、炭素分は循環されていたのである。

石炭、石油、天然ガスなど、いわゆる化石燃料は、いずれも炭素と水素から構成されている。

だから、石油類は「炭化水素：Hydro Carbon」と呼ばれている。

我々は、産業革命以降、地下資源である石炭、石油、天然ガスを掘り出し、それらを燃料として利用して必要なエネルギーを確保することで工業化社会を実現してきたのである。

その結果、CO_2が過剰に排出され地球温暖化が急速に進んだのである。

我々の経済の基盤は、より安価で使いやすい化石燃料に頼っている。中でも、最も安価で埋蔵量の豊富な石炭に今でも依存しているのである。

米国、ＥＵ、日本等の先進国では、太陽光・風力等の再生可能エネルギーの利用が増加して石炭の利用は低減してはいるものの、アジアの発展途上国においては石炭の利用の縮小は難しいとのことである。

地下資源である石炭、石油、天然ガス等の価格はどうやって決められているのだろうか。

もちろん、需要と供給のバランスでそれらの価値は評価されてはいるものの、それは地盤から運よく掘り出し、輸送し、精製等を施して化石エネルギー資源として付加価値がついているだけである。

でも、それらの資源を構成している「炭素」の価値に対してはまったく考慮されていないのである。

多くの地下資源は何億年もかかって植物の炭素が変化したものであり、そのとてつもない時間の経過に対しての評価は、まったくないのである。

運よく穴を掘ったら石油が出てきたとしても、その石油そのものの価格というものをどう考えればいいのだろうか。

そして、石油を原料としてプラスチックが大量に作られ、そのプラスチックが廃棄物となったとしても、廃プラスチックを構成している炭素は元の石油と同じはずなのに、その価値を無視しているのである。

それ故、炭素を中心に考え、廃プラスチックを熱分解して元の石油に戻すまでのコストを我々は正しく負担しなければならないというのだ。

それが循環型社会なのである。炭素を循環させることができて初めて循環型社会であると言えるのである。

もう、ずっと昔から、循環型社会を構築すると言われてきたけれど、それは言葉だけで、本当に循環するには、それなりの社会的コストが必要なのである。

何億年もかかって地球上の植物中の炭素が地下資源として変化してきた中で、我々は廃プラスチックを構成する貴重な炭素について、責任を持って循環しなければならないという。

炭素を循環させるにはコストが必要で、そのコストはプラスチックを利用する我々の責任なのである。

それ故、使用済みのプラスチック容器は価値がないのではなく、含有している立派な炭素という価値が残っているのである。

廃プラスチックに含まれる炭素には原料の石油の中の炭素と同等の価値があるはずだ。

それ故、廃棄物は持っている元素としての価値を保有しているので、資源物として流通させなければならない。

これが２０５０年の考え方であるという。

使用済みのプラスチック容器に価値をつけることで、誰もが、容易に廃棄することは無くなり、回収率が向上し、循環型社会が動き始めたという。

２０５０年では、プラスチック製品は高級資材で、決して安価ではない。

昔は、ポリエステル素材のシャツは安価であったけれど、今では、全く逆で、ポリエステルはウールとか木綿の天然素材製品の倍以上の価格だそうだ。

炭素を循環しようという考え方は新しいことではなく、昔から炭素税とか環境税とかいろいろと仕組みが考えられてきてはいたけれど、なかなか実現することはなかった。

しかし、地球温暖化による気候変動が激しくなる状況において、炭素循環の重要性は正しく認識され、その一環として、廃棄物に価値が認められるようになったのだ。廃棄物に価値があって、市場経済の仕組みの中に組み込まれれば、その後のリサイクルは簡単なことであったとのこと。

もうすでに、廃棄物のリサイクル技術はほとんど確立していたので、リサイクルに必要なコスト負担が十分に認められることで、世の中の廃棄物処理の問題は見事に解決されたそうだ。

２０５０年は、炭素循環社会なのである。

新しい経済システムが導入され、炭素循環社会が構築されることで廃棄物処理の問題は解決されたという。

面白い話を聞いた。

我々は、昔から、プラモデルの製作とか工作とか自分で家具を作るとかを趣味としている人は多いと思うけれど、ここでは、逆に、家庭で使われて不要になった電気製品とか各種の器具などを、細かく各パーツに分解することを趣味としている人が多いとのこと。

時間をかけて、一つ一つの部品を手間暇かけて分解し、それらを材質ごとにリサイクルに回すという。

趣味としてやってはいるけれど、分解したパーツは、それぞれ有効に資源として利用される。

所定の場所に分解したパーツを持っていくと、その種類ごとにかなりの高額で引き取ってもらうことができる。

そして、そのパーツの種類ごとに「グッドポイント」を取得できるという。

有価金属を含む電気製品等については、分解マニュアルが付いていて、スムーズに資源化物を取り出せる。

ただし、分解によって危険な状態になる部品については、それ以上、安易に分解をしないように注意書きもついている。

また、分解が難しい電気製品等については、専用の工具を借りることもできるという。

物を大事に使って、使い切ったならば、各自が分解してリサイクルに少しでも貢献しようという仕組みが出来上がっているのである。

昔の大量消費・大量廃棄社会ではないのである。

どんな小さなことでも、それぞれの市民レベルの能力に応じて社会に貢献することで、それらの行為に対して「グッドポイント」が付くという。

あらゆる分野の中で、この時代のリサイクルが確実に進んでいる要因の一つに「物の所有」という考え方が昔とは全く違うということがある。

以前は、例えば、1200ccの国産車からドイツ製の高級車まで、自家用車は新車であれ中古車であれ、購入して所有するのが普通の生活だったと思う。

でも、この2050年では全く違うという。もちろん、一部の人は車を所有しているけれど、ほとんどの市民は、車は借りているのである。車を借りて使うという考え方は以前から、レンタカーという仕組みがあったけれど、ここでは、新車を買って使うより、車を借りて乗る方がはるかに経済的なのだという。借りる方があらゆる面で優れているという仕組みが出来上がっている。車を所有していると「所有税」が掛かる。これがとてつもなく高いのである。

一方、車を借りる方は、「所有税」を必要としないので車を利用するための維持費だけを負担すればいいのだ。そして、いつでも、新しい車種が出れば、乗り換えればいいし、それぞれの生活スタイルに合わせて車種を自由に選べるのである。だから、ここでは、10年以上も同じ車に乗っている人など誰もいないとのこと。使い勝手のいい新しい電気自動車が製造されれば、何の躊躇もなく乗り換えられるのである。

車を所有するという生活が無くなったのは、実は、ガソリン車から電気自動車に世の中が切り替わる頃からだという。

地球温暖化の主因とされる炭酸ガスの削減に合わせて、政府は電気自動車への乗り換えを誘導してみたものの思うように転換はできず、CO_2削減目標の達成が難しくなってきた。そこで政府は、電気自動車はすべてレンタルとし、従来のガソリンエンジン駆動車を保有するより、維持費を含めても電気自動車の方が有利になるように設定したのだ。電気自動車の欠点は、バッテリーの性能である。少しずつは改良が図られてはいるけれどバッテリーの寿命や定期的な交換の手間から解放するためには電気自動車をレンタルにして、バッテリーの交換費用を含めて車を所有するよりは維持費を安価にしたのだ。電気自動車を利用する人は、月々の僅かなレンタル代と充塡する電気代を負担するだけでいいのだ。

「所有」より「利用」である。

車だけではない。集合住宅、つまりマンションについても購入して所有するという生活スタイルは大きく変わったのである。長期の住宅ローンを組んで夢のマンションに住むよりは、それぞれの生活レベルに合わせて職場に近い部屋を借りた方があらゆる面で経済的な仕組みができているのだ。借家に住むという生活は昔からあって、庶民がそれぞれの

「家」を持つというのは、貧しかった時代でのささやかな夢でもあったのだ。その後、多くの市民がマンションを所有することで大きな問題が多発することになってきたとのこと。

２０２０年でも、それなりの問題が集合住宅に起こりつつあったと思う。維持管理の問題である。当然のこととして、頑強な鉄筋コンクリートの建造物であっても、必ず、時間とともに劣化の道を進む。せっかく苦労して35年のローンを設定したマンションであるから、少しでも長く住もうということは当然な思いである。２０２０年頃から、優れた建築材料を使用し最新の建築工法を組み込んで１００年住み続けられるようにということで、１００年住宅の構想がある。しかし、それより以前に建てられたマンションの寿命はどのように考えればいいのだろうか。とても、１００年は住めないと思う。比較的強度の高い鉄骨造のマンションでは外観的にはそれなりの耐久性は高いとしても、内部の給排水管の劣化は免れない。エレベーターの更新、配管系の交換、電線管の補修など、経過年数に応じての十数年ごとの大規模修繕工事費は増加の一方となる。

当然のこととして、マンション購入時は若かったとしても居住年数が経てばその分確実に高齢化が進むわけで、つまり、年金生活に入った人が、多額の修繕費を負担することが困難になる恐れがあるのだ。将来の大規模修繕工事費を見込んで月々の住宅管理組合の管理費を積み立ててはいるが、想定する工事内容には給排水管の交換費用等は含まれていないのが一般的である。

戸建ての住宅であれば、老朽化した建物は解体撤去して、同じ土地に新たな住居を建てるという選択肢はあるけれど、高層の集合住宅では、とても建て替えることは容易ではない。５階建ての中層住宅では隣接する緑地などスペースを利用して新規に高層住宅を建設し、余剰の住居を販売することで建て替え工事費の負担を軽減するという計画も実施されてはいるようだ。しかし、超高層マンションではこの選択肢はない。

それでは、どういう解決策があるのだろうか。

それは、マンションを所有することから賃貸契約に変えることである。所有者が変わる時に賃貸契約に切り変わるのである。賃貸契約に変えることで、譲渡における不動産取得税を軽減し、賃貸契約での生活の方が有利であるように税制面で支援するのである。

マンションの所有権を放棄することで将来の高層マンションの建て替えも含めた大規模修繕工事計画をスムーズに進めることができるようになったとのこと。

もちろん、人には物を「所有する」という基本的な欲求があるとは思うけれど、冷静に、それぞれの人生を考えて、「利用する」という生き方が望ましいと思える時代になっていたのだ。

部屋だけが賃貸ではない。部屋の中にある、ほとんどの生活必需品もレンタルなのである。机、椅子、ソファー、タンス、ベッド、冷蔵庫、クーラー、テレビなど、何でもかんでも借り物である。家具付き賃貸住宅は、なかなか日本人にはなじみがなかったけれど、この時代は普通の生活パターンになっているのだ。どうして家具までもがレンタルになったのだろうか。簡単に言えば、レンタルの方が安いからである。簡単な話である。どうしてレンタル家具を使う方が安いのかというと、家具を購入して保有することは、取得税が高く設定されているからである。レンタル代は、購入して使用するよりも安くなるように設定されているのだ。レンタルだからしばらく使っていても飽きてくれば新しい家具にいつでも交換することができるのだ。エアコンとか冷蔵庫とかテレビなどは新型が出ればすぐに新しい物に取り換えられるのだ。

単身であれば最小限の家具があればいいし、結婚し子供が生まれればそれなりの広さの部屋に住み替えればいい。そして、老人になれば、もう広い部屋は必要ないし余計な家具は返却すればいいのである。「賃貸生活」は理想的な生活スタイルになっていたのだ。

レンタル時代で大事な要素は、使用済みの古い家具類は必ず回収ルートに乗って、必要に応じて修理等を行い、新しい家具類として再度レンタルに回されることである。

家具類の種類は無数にあって、各自が好む色とか形とか自由に選べるのである。レンタル生活が普及すると、高額の費用を払って、わざわざ購入して占有使用するような不便な昔の生活には戻れなくなったという。

レンタル制度が普及し、使用済みの家具の回収率が高まったことで廃棄物のリサイクル率は90%以上まで向上しているという。


「物の所有」について、土地利用制度の最大の変革について説明を受けた。

土地の所有である。2050年では、土地は、所有するのではなく、利用するものだということで、基本的には全て借地なのである。狭くても、自分の土地を買い、その土地に小さな二階建ての家を建てることは平均的な日本人の考え方であったと思う。

高層マンションでも部屋を購入すると同時に対応する土地も取得しているのである。でも、マンションの場合、土地を持っているという意識は極めて低いと思う。登記簿謄本を見れば分かるように、全体のマンションの用地の何百分の1という表記である。これでは、土地の所有の実感はまったくない。

普通の市民が土地を所有するようになったのはいつ頃なのであろうか。そもそも、土地を所有するということはどういうことなのであろうか。古くは、その地域を治めている王様とか女王様が土地を所有していて、その土地から収穫される穀物とか採掘される金銀を搾取するという仕組みだったと思う。土地に生活する市民は王様に守られて比較的安定した生活ができていれば、それで良しということだったのだろう。

日本でも、戦前、戦後のしばらくの間は、借地借家生活というのは当たり前の居住形態であった。東京下町では90%が借地、借家住まいだったという。その頃の市民は土地を所有するという考えはまったくなかったし、その必要もなく幸せに暮らしていたのである。

そういう土地所有についての変革は歴史学者の先生にまかせることとして、日本では、昭和の初め頃までは、普通の市民は、借地借家生活で結構満足な生活をしていたと思う。一部の代々地主と言われる一族の人々だけが広大な土地を所有していた。一方そのことは、戦後の都市計画においては、限られた土地所有者の同意によって難しい区画整理もスムーズにできた要因にもなったのであろう。

そのあたりの経緯はよく分からないけれど、その後に土地が細かく分割されて各個人が所有することで、新たな都市計画の推進は難しくなったのである。

２０５０年では、全ての土地ということではないけれど、かなりの割合で、少しずつ、政府が土地を買い戻すような形で国有地としての管理システムに移行しているという。

土地の所有権が移動する時、例えば、遺産相続のタイミングで土地を国有化しているという。２０５０年では、土地とか建物の相続税が高く、税金を負担して不動産等の所有を継続するより、いままで使っていた土地をそのままの状態で借りて使用する方が、はるかにメリットがあるというシステムに政府が切り替えたのである。

先祖代々の土地なるものは消えつつあるという。そして、各市民は、それぞれの生活スタイルに最も適する広さの土地を借りてゆったりと生活しているのである。それでも、土地の使用権は相続できるので、家族の生活は安定して継続できるのである。土地を所有せず、安価な賃貸料だけを負担すれば、それなりの生活が維持できるので多くの市民は土地の所有権を放棄したとのこと。

土地の国有化とは、自由民主主義に反するようにも思うけれど、限られた土地を各自が囲い込みして占有するということが、はたして本当に自由な社会と言えるのだろうか。土地を所有せず、その代わりに自由に有効に利用するという生き方が民主主義だという。

ジョーさんが教えてくれた。

土地の国有化が進んだおかげで、原子力発電所の廃炉に係る放射性廃棄物の処分地の確保が容易になったとのこと。

それよりも、都市部における緑地の確保、生活道路の整備、公共施設の設置など市民生活に必要な優れた都市計画が国有地の増加によって急速に進んだようだ。

4日目　再生可能エネルギー

２０５０年までに二酸化炭素など温室効果ガスの排出を実質ゼロにする「脱炭素」の目標は残念なことに未達であった。

２０２０年の、温室効果ガスの排出量の約80％がエネルギー関連からの排出であり、その後、太陽光発電システムの普及や風力発電等を積極的に進めてはいたものの、CO_2排出実質ゼロは難しいようだ。

２０２０年の、発電に伴う二酸化炭素の排出は総量の約４割だったけれど、これを補うための「脱炭素」はそれなりに進んだものの、化石燃料に依存する発電量を再生可能エネルギーで置き換えることは、まだまだ途上にあるという。

しかし、その目標達成の可能性は高く、もう少しの状況にあるのだという。

再生可能エネルギーの代表として、太陽光発電システムは広く普及しつつあるものの、蓄電技術の開発が頭打ちで長時間の蓄電が見通せないという。

太陽光発電の欠点は、太陽が出ない夜間は発電できないことであり、蓄電技術は欠かせない。

電気自動車は普及しているものの、大型車ではバッテリーのさらなる開発が求められている。

風力発電は気象条件によって大きく発電量のバランスが崩れるので補助的な位置にしかない。洋上風力発電は海に囲まれている日本には有利ではあるけれど、課題は総合的な送電網の整備である。電力の大消費地と洋上風力発電場所が遠く離れていると効率良い送電網の構築が難しいのである。

火山国の日本では、地熱発電は有効ではあるけれど、大規模な発電に向かないと同時に熱水に含まれる硫黄や塩分等による熱交換器への付着・腐食などが発生し、安定した稼働が難しい状況にあるようだ。

比較的手軽に地熱を利用する方法がある。地中熱を利用したヒートポンプによる暖房や冷房である。井戸水の積極的な熱利用である。これは、昔からある方法で、地下水の温度は年間を通してほぼ一定であるので、夏は冷たい井戸水を熱交換して冷房に使えるし、逆に冬は、温水として暖房に使えるのである。井戸水は循環しながら熱交換して使うので井戸が枯れることはない。

バイオマス発電は、それなりに普及はしたものの、電源構成の割合は、それほど大きくはない。

バイオマス発電は、もともとは燃料となる木質原料を燃焼するわけで二酸化炭素を排出することには変わりはない。

ただ、炭素循環と考えれば、数十年のスパンでCO_2は再び森林の炭素として固定されるので数億年の炭素循環の化石燃料に比べれば地球温暖化防止にはそれなりの効果はある。

しかし、早急に、温暖化ガスの排出を低減するには数十年の炭素循環に期待することは難しいのだ。

古典的な水力発電は、発電量の割合は少ないとしても、安定した基礎電力として使われている。しかし、新たな水力発電所を造る場所は日本にはもうない。

原子力発電については、重要なベースロード電源として二酸化炭素の排出がない点では評価されるものの、使用済み核燃料の保管の難問は依然として解決していない。

仮に、原子力発電に関わる放射性廃棄物の埋立処分方法が確立されたとしても、原子力発電所から放射性物質の汚染の可能性を完全に消すことは難しく、地球温暖化のリスクと核汚染のリスクの評価は相反するものであるという。

２０５０年には、もう既に、原子力発電は無くなったのかと思ったけれど、日本国内では、50基の施設が稼働しているという。

もちろん、東日本大震災による原子力発電所の事故を契機に、原子力発電施設の全廃の機運はあったけれど、その後の、ＡＩ技術の進化による社会構造の大きな変革において、電力の安定した供給は、ますます絶対条件となっていったという。

２０５０年の世界は安定した膨大な電力なしには一時でも立ち行かなくなってしまうのである。

そのためには、複数の安定した電力供給システムが必要で、再生可能エネルギーによる発電だけでは完全にリスクを無くすことはできないという。

ＲＥ１００プロジェクト、つまり再生可能エネルギー１００％による電力供給は２０２０年に掲げられてはいたものの、省エネ生活どころか、ますます電力に依存する生活が求められていくことによって、必要な電力は日常的に不足し、太陽光発電とか風力発電だけではとても対応できなくなったとのこと。

私は技術者ではないのでよく分からないけれど、太陽光発電パネルはいくらでも増やせるものだと思っていた。しかし、どうも、そう簡単な話ではないようだ。

耕作放棄農地などの空き地に太陽光発電パネルを次々に置いていったところ、予想外の問題が生じたという。

当然、パネルを設置したところが日影になってしまう。当初は、設置パネルの面積も少なく問題はなかった。

しかし、太陽光発電量を増やすため、より広大な面積にパネルを敷き詰めたところ、日影の面積が拡大し、その結果、その日影によって生態系に大きな影響が出始めたのだ。

その影響が最初に報告されたのは中国からである。

CO_2の最大の排出国である中国は再生可能エネルギーの普及を積極的に進めてきた。

中国は、太陽光発電パネルの設置面積も世界一だった。

ところが、規模の大きい太陽光発電所の周囲で感染症が多発し始めたのだ。

はじめは感染症の発生原因が分からなかったけれど、いろいろと調査した結果、太陽光発電パネルの設置が原因であることが分かったという。

当然のこととして、発電パネルの裏側の土地は長年にわたって日影になる。

そこに、日影を好む微生物が異常発生し、未知のウイルスまで出現し、付近の植物相まで変化してしまったとのこと。過剰なパネルの設置が生態系に悪影響を与えたのだ。

それで、今では、発電パネルの設置面積に制限を加え、風通しを良くするなど、著しい環境の変化が生じないようにしているという。

太陽光発電パネルは、当初、都市部に近い耕作放棄農地を中心に設置されていたけれど、その後の展開は思うように進んでいないとのこと。

その理由は、世界的に多発した食糧危機の存在である。

世界的に構築されている穀物供給システムの異常な発展によって、穀物の輸出国と輸入国に世界が分断されてしまったのである。市場経済の仕組みの中で食料の自給自足が日本をはじめ多くの国で崩れてしまった。貴重な農作物を育成するための土地が耕作放棄農地になってしまうということが間違っているのである。自由経済の仕組みでは、より安価な食料をいとも簡単に他国から輸入していたのである。そのため、小規模の農業は経済的に成り立たなくなって、いわゆる耕作放棄農地が増えてきたのである。未使用の土地に太陽光発電パネルを設置することは、それなりに評価はされたものの、それよりも頻繁に起こる食糧危機に対応するため食料自給率を高める必要が生じ、耕作放棄農地での農作に急転換したのである。そもそも、農地は、農作物を育てる場所であって、太陽光発電パネルを設置するための用地ではないのだ。

2030年以降は、食糧危機が世界中で多発していて、食料自給率の低い日本でも例外ではなかったとのこと。それまで主として経済的理由から農業を放棄していた土地にパネルを設置するよりも、本来の農作物生産の用途に使うべきということになり、その結果、太陽光発電パネルの設置用地は限界となったのである。

苦肉の策として、パネルの下に照明を付け、人工光で植物を育成するという方法も出現した。植物の生育条件に合わせて必要な時期だけ人工照明を使うという。せっかく太陽光で発電しておいてその電力を植物の育成に使うというのは不経済と思えるけれど植物が光を必要とする時期は限られているので、年間を通して考えればそれなりの太陽光発電のメリットがあるという。

２０５０年では、少しでも太陽光発電を推進するために、全ての家の屋根にパネルが載せてある。集合住宅の屋上にもパネルがあるのだ。

一般の住宅であれば、晴天時は太陽光発電の電力ですべての生活が可能である。蓄電技術も進んでいるので電気自動車への充電もできる。家は、バッテリーも含めた太陽光発電装置付きでの賃貸なので、設備の更新や維持管理について全く気にせずに再生可能エネルギーでの生活ができるのである。太陽光発電システムは分散型の地域再生可能エネルギーとして有効であって、必ずしも大規模の施設にする必要がない。これも、家屋が賃貸であることで成り立っているのであって、これが、各自が太陽光発電装置の維持管理とか整備費用を自己負担していては成立しないのである。2050年では、効率の良い蓄電システムが開発されていて、設備のメンテナンスの費用は政府がすべて負担しているのである。

市民は太陽光発電装置の維持管理や老朽化した時の更新などについて、まったく気にしなくてもいいのである。これも住宅が太陽光発電装置を含めて賃貸であることの結果なのだという。

再生可能エネルギーの開発や利用は急速に進んでいる。私が驚いたのはそういった再生可能エネルギー技術の発達より、市民の省エネ生活の積極的な展開である。脱炭素を目指す再生可能エネルギーの利用は、一方で確実に電力の単価を押し上げたのである。キロワットあたりの単価は2020年に比べて、おおよそ4倍近いという。それで、市民は電力使用の削減を日常生活の中で目標値を掲げて環境活動として取り入れているという。具体的には、年1%の削減目標を設定しているという。もちろん、これは強制ではなく、各市民の自由意思によるものだが、目標を達成するとグッドポイントが付く。市民環境目標は達成されなくてもバッドポイントは付かない。

市民環境目標の設定はグッドポイントが取得できるというインセンティブはあるものの、

それよりも高い電力コストを削減できるという経済的な理由が大きいのである。

だから、市民は、夕方になってもすぐには電気を点けないし、夜遅くまでテレビを観るということはないようだ。早寝早起き、そして健康な生活は省エネ生活の基本なのである。

そういう意識が２０５０年の市民生活だという。でも、ここまで来るのは簡単なことではなく、幼児からの環境教育の成果だという。

5日目　気候変動の状況

私のいた２０２０年は大雨の被害や強い台風の被害で深刻な状況となっていて、その原因として地球温暖化の進行が指摘されていた。

とは言うものの、温暖化を防止するために具体的に何をどう行動するかは分からず、正直なところ危機意識は低かったと思う。テレビでは、地球温暖化が進んで気温が１・５度上昇すると大変なことになると言っていたけれど、その程度の温度上昇は大したことはないだろうと私は思っていた。それは間違っていたのだ。

その頃は、国連が掲げる「持続可能な開発目標（ＳＤＧｓ）」なるものがあって、いろいろな企業がそれなりに取り組んでいたと思う。虹色の丸いバッジがかっこいいので買おうと思ったけれど、そのバッジは売っていないという。でも、ネットを見ると売っているようだ。それは偽物のバッジで国連が公認したものではないという。

個人の生活でも、「ＳＤＧｓ的な生き方」を実践している人々も多かったと思う。

２０２０年でも健康のために肉類はできるだけ避けて、野菜類を多く食べる人が多かった。2050年では、健康のためと同時に地球温暖化防止という積極的な意思のもとで野菜や穀物中心の生活が主流だそうだ。肉や魚だけでなく乳製品も使わない「ビーガン（完全菜食主義者）」とは言えないけれど、1週間に1日だけは肉類を食べ、それ以外の日は野菜中心という食生活を送る人が多いという。その代わり、大豆から造られる人工肉は改良されて、本物の牛肉より味がいいという。ハンバーグや餃子に使われている肉類は全て人工肉である。

菜食は、ガンや心臓疾患の発生が少なく、老化の進行を遅らせるようであるけれど、植物性食品に含まれていないビタミンB12などが不足するという指摘もある。

2050年でも大豆を原料とした発酵食品の代表でもある納豆は人気商品で、健康にもいいし、価格も安いし、料理のメニューも多彩でいつも食卓に上っているという。さらに、美味しく食べるために何回もかき混ぜるということが健康にいいそうだ。できれば100回から200回かき混ぜてクリーミーな泡を作るとさらにおいしくなるそうだ。その際、利き手でない方の手を使うのが脳細胞を刺激するという。

2020年頃でも、確かに、毎年日本に上陸する台風は大型化してきていたし、降る雨も多くなっていたと思う。

でも、台風による被害は昔からそれなりにあったので、ほとんどの人は地球温暖化の進行についてそれほど深刻には考えていなかった。

記録によると、２０３０年の後半あたりから巨大台風が発生し始めて、その年の23号台風では最大瞬間風速が70ｍを超えたという。

そして、その台風は、何と駿河湾に上陸し、東京湾では記録的な高潮が発生し、江東区の海抜ゼロメートル地域は完全に５～６ｍも水没している。

深刻だったのは、有明をはじめとする東京湾を望む地域に建っていた超高層マンションの被害であった。

ほとんどの窓ガラスが台風の強風で飛散した。

比較的に新しく建てられた高層マンションでは、省エネ仕様の複層窓ガラスが使用されていて、アルゴンガスが二枚のガラス板の中に封入され断熱効果を高めると共に風速90ｍの強風にも耐えられると言われていたけれど、一部の超高層マンションでは見事に窓ガラスは吹き飛んでしまった。

雨戸のないマンションの窓は一旦破壊されると見る影もないほど完全に吹き飛んでしまうのである。

その後、高層マンションの建築基準が強化され、ガラス窓の枠の強度を増やし、その結果、ガラス窓は開けることができない構造となった。

台風が来なくても、風の強い日は窓を開けてベランダに出ることはできないし、当然、ベランダに布団を干すことなどできなかったから、窓が開けられなくなっても、ほとんど生活に影響はないのである。超高層マンションにはベランダがない。

台風による被害は強風と雨だけではない。長期の停電による高層マンションの機能マヒである。これは深刻だった。

電気は私たちの生活にすっかり浸透していて、家に帰ってきて玄関のドアを開け、壁際の電気のスイッチを入れれば電灯が明るく点いて無事に家に戻れたことに感謝するのである。

だから、みんなは、電気は壁際の小さなスイッチから流れてきていると思っているのである。それは正しいけれど、そこまで電気がどう流れてきていて、どのようにして制御されているのかは全く考えようとしない。実際、考えたとしても私たちの生活には何の利益にもならないけれど。

高層マンションで長期間にわたって電力の供給が止まったならば、居住者はもうそこで生きていくことはできなくなることを、２０３０年の富士山大噴火とその後の大型台風の来襲ではっきりと認識したのである。

世界は、脱炭素社会を目指したものの、その目標は達成できず、地球温暖化は2050年でも進行しているという。

地球温暖化現象の最たるものは海面の上昇である。

頻繁に起こる高潮被害に対応するため、海面に近い世界中の100の空港が嵩上げしたという。羽田空港も15ｍの嵩上げをした。

今日のレクチャーが終わり、部屋を出ようとした時、佐藤さんが私に言った。

「明日、私たちは、下町に行くのですが、あなたも一緒に行ってみますか。ジョーさんも、一緒に行きますよ」

私は、下町に行くという意味が分からなかったけれど、一人、ここにいても仕方がないので、「一緒に連れて行って下さい。お願いします」と言った。

6日目　輝く街：Shine City視察

私は、ジョーさんと担当研究員の佐藤さんの三人で旧市街地の視察に出かけた。

私が寝起きしている研究棟は、未来世界の最新の居住空間であるけれど、昔ながらの旧市街地が未だに残っているので我々で視察に行くことになったのだ。

我々三人の他に、案内役の男の人が一人付き添っていた。後で分かったのだけれど彼は案内人というよりは監視人というかガードマンというか、実にがっしりとした体格で目つきが鋭かった。

彼とは、ほとんど会話をすることはなかったので、彼の名前は憶えていない。

朝9時30分に施設の入り口で待ち合わせた。

車は、完全自動運転の電気自動車である。

ただし、完全自動運転の車ではあるけれど、この車にはハンドルが付いていて、必要な時は、人が運転することもできるという。旧市街地では、昔ながらの狭い路地がそのまま残っていて、自動運転がしにくい場所があるのだという。それで昔の車でも運転ができる彼が案内人として同行していたのだ。

完全自己責任評価制度が始まった時は、大変な混乱があって、スムーズに新しい制度が普及したわけではないという。

おおよそ半分以上の市民は導入に反対した。それでも、ほとんど無理矢理と言っていいくらいの状態で完全自己責任評価制度はスタートしたのだ。

そして、それから20年も経過しているにもかかわらず新しい制度を認めない人々がおおよそ30％いて、彼らは、これから視察にいく旧市街地で生活しているというのだ。

旧市街地のことは「輝く街：Shine City」と呼ばれている。

つまり、「古い街」ではなく、昔からの住民である彼らにとっては「輝いている街」という意味の街である。

「輝く街」では、未だに紙幣や通貨が依然として流通しているし、銀行もあるし、ガソリン車も走っているのだ。

私が生活していた２０２０年の世界のままなのだ。

車は、横浜港のベイブリッジを通り、高速湾岸道路を東に走り荒川を渡ると「Shine City」が広がっている。

高速道路を降り、市街地に車が入っていく。

私の目には、何の変哲もない見慣れた景色であるけれど佐藤さんには極めて古い旧市街地だという。

このあたりは、海抜ゼロメートル地帯で、未だに水害が多発している地域である。地球温暖化が未だに収まっていない状況では海水面の上昇は依然として進んでいる。

政府は、この地域での生活を捨てて、水害の危険性の少ない地域への移住を勧めているけれど、「Shine City」の住民は、慣れ親しんだこの場所から離れることを拒んでいるという。

佐藤さんが言うには、旧市街地に住んでいる人々には芸術家とか職人とか自然派志向の少々意固地の人が多いのだという。

確かに、水害は、たびたび発生はしているけれど、その時は、ボートを浮かべればいいし、何とか生活はできるというのだ。

そして、デジタル社会になじめず、昔から続く文化とか伝承とか人間としての崇高な意識の存在に身を委ねて生きることこそが人としての存在の意味があるという。

ＡＩなるものの機械仕掛けの社会に強く反発している人々が、人としての尊厳のある文化のもとで、依然として生活を続けている場所だということだ。

少しずつは、旧市街地を離れる人はあるけれど全員が完全自己責任評価制度に入ることはないだろうと佐藤さんは考えている。

おそらく、少なくとも5％程度の市民は「輝く街」に残るだろうと推測しているそうだ。完全自己責任評価制度はそれなりに考えた新しいシステムではあるけれど、このシステムを全市民に100％押し付けることは危険であるとのこと。

もちろん、半ば強制的に制度を普及させることも検討されたようであるけれど、無理矢理に実施すれば反乱状態となって市民生活に支障が出ることは容易に推察されたと。

それで、新しいシステムを導入する条件として、決して強制ではないこと、そして、いつでも以前の状態に戻せるということで完全自己責任評価制度がスタートしたという。

「輝く街」に入って、車を降り、近くの市場に我々は立ち寄った。現金で買い物をしている。それでも、見ると、みんな左腕にチタン合金の腕輪をしている。

腕輪を使って買い物ができるのにどうして現金で物を買っているのか聞いてみた。

もちろん、ポイントを使って、物は買えるけれど、ＡＩに依存する完全自己責任評価制度を信頼していないという。

実際、これまで何度も、ＡＩがうまく機能せずに大きな混乱が発生したという。

佐藤さんが言うには、単一の機械的なシステムはいつでもそれなりのリスクがあるという。

　とりわけ、ＡＩに依存する機械的な巨大システムは、どこに不具合が残っているのか実際にトラブルが発生してみないと分からないという。

　完全自己責任評価制度のＡＩシステムには、常に、バックアップシステムも同時に動いていて、毎月1回、交互にシステムチェックを行い、その都度、システムを改善している。今使われているＡＩによる完全自己責任評価制度についても、それは幾つかある社会システムの一つでしかない。それ故、このシステムは、常に、改善、改良が加えられ進化し続けている。そして、いつかは全く別なシステムに置き換わってしまうかもしれないという。

　ＡＩがたとえ優れているものとしても、それは一つの機械仕掛けのシステムであり、実際の社会構造は不特定の異なる「人」の集合体なのだから、単一システムの危険性はどこかに潜在しているはずだ。それ故、何ごとにもあらゆる場面で多様性が求められるのだというこという。

　限られた地球表面に生きている人間は、他の生物と同じように、いわゆる「生物多様性」が必要なのである。

　単一のシステムは、確かに効率はいいけれど、どこかに脆弱性が隠れていて、一旦、その一角が崩れると、あっという間にそのシステムは崩壊してしまう。

完全自己責任評価制度はそれなりに設計された効率よいシステムではあるけれど、１００％完全とまではいえない。

別な言い方をすれば、１００％完全なシステムは存在しないということでもある。もし、完全自己責任評価制度に決定的なリスクが存在し、何らかの条件で崩壊したとしても、最悪、「輝く街」に生活している５％の人々が「人」を救うことができるというのだ。

「輝く街」に住んでいる人々が、いずれ自分たちが「人」という種を救う神となることを意識しているわけではないけれど、これまでの長い過去の人間の歴史をみれば、「人」という多様性があってこそ、何度も、危機を何とか乗り越えてきているのだから。

２０２０年、世界は新型コロナウイルスの感染によって大きな打撃を受けた。その根幹の原因の一つは、市場経済に依存する効率的な単一のシステムの普及によるものでもあるといっていいのだ。

実際、まだまだ理解されていない病原体、ウイルスはいくらでもあるし、いつ我々の目の前に出現してきても決して不思議ではないのである。

「人」を含めて、生物の多様性が残っていれば、我々は、決して全滅することはないのである。

一方、今、地球上で生きている全員が豊かで健康な生活を維持し、そして安らかな老後を日当たりのいい場所で一日過ごせるということは決してあり得ないことなのだ。

生物多様性の枠の中で、いつも誰かは、ウイルスに感染し、事故に遭遇し、災害に巻き込まれ、望まれる寿命を全うできないのである。

生物多様性を掲げて、何でも有りということではないけれど、１００％完全な単一システムはいつも危険性を残しているということだ。

ということで、佐藤さんは、「輝く街」に生活している人々を推奨するわけではないけれど強制的に排除することでもないという。

佐藤さんは、時々、地球の未来について考えることがあるという。

地球上で一つの種に過ぎない「人類」が便利で快適な生活を追い続けてきた結果が環境問題を引き起こした。好き勝手にCO_2を出し続けておいて、「地球を救え」のようなことを言っている人もいるけれど、それは明らかに「人類」の傲慢だ。

地球上の生き物は40億年という長い時間の中で、幾多の変化する厳しい環境を生き抜き、しっかりと適応して進化してきた。現在3000万種ともいわれる多様な生物で地球は輝いているという。大気中のCO_2濃度が高まり、いくらか大気温度が上がって北極圏の氷が溶けだしたとしても「地球」はいつも通りに太陽の周りを回り続ける。

そして、佐藤さんは、地球の魅力は、何といっても、生物の多様性だという。もし、地球以外の惑星に生物の存在が確認されたとしても、今の地球のような無数の多種多様な生物相はないだろうとも言った。

我々は、市場を出て次にサーキット場に向かった。

原則として、ガソリン車の新車の製造販売は2030年までに終わっている。化石燃料を燃焼するガソリン車は、地球環境変動の主因として取り上げられ、いわゆる自動車メーカーは、こぞってガソリン車から電気自動車に舵を切っているのである。一部の事業用の車、例えば、バスとかトラック等は水素を燃料としているけれど、一般の乗用車については電気自動車に転換された。

海に囲まれた日本では、水素の利用は理想的ではあるけれど、金属に対する水素脆化の問題が解決されていないので、水素自動車の一般車への普及にはまだまだ時間がかかるとのこと。

この2050年にガソリン車を動かすことは炭酸ガスが排出されるとともに貴重な地下資源の消費なのである。

それにしても、脱炭素社会で、趣味だとしてでも、サーキット場でガソリン車を走らせることは、どこに意義があるのであろうか。そして、どうして許されるのだろうか。

私は、佐藤さんに、その点を聞いてみた。

「確かに、貴重なガソリンを内燃機関で燃やして炭酸ガスを排出することは、今の時代ではいいことではないと思います」と、佐藤さんははっきりと言った。

「内燃機関？」

私は聞き返した。

「ああ、ガソリン車のエンジンのことね」佐藤さんは、笑いながら答えた。

「しかし、全てのガソリン車の使用を禁止しているのではなく、それなりの許可を取れば、その範囲の中での運転は認められているのですよ」

「炭酸ガス排出という面では、サーキット場でのレースは好ましくはないけれど、ガソリン車の優れた技術を次の世代に残して、しっかりと維持していくことも必要だと考えています。まあ、一種の古典的な技術の保存ということですかねえ。つまり、古い文化を残すということに意義があるとも言えますね」

レースが始まると大勢の観客が、凄いエンジン音を響かせて走るゴーカートを応援していた。

レースは、３カ月に一回、一日だけ５レースが開催されるという。

順位を争うわけでもなく、ただ1周１５０ｍのコースを何周か走るだけである。

何台かの車は、途中で動かなくなっている。

レースカーは市販されていないので、エンジンを含めてすべての部品が手作りだという。

Ｆ－１レースの超ミニチュア版だと思う。

チームごとにレースを楽しんでいて、ドライバーも含めみんなは趣味で参加している。

面白いのは、政府が一部の費用を助成しているとのこと。

つまり、定期的に開催されるガソリン車のレースは、文化遺産という認識だという。

いたずらにすべてのガソリンエンジンを否定するということではなく、最新の技術と共に古い技術も残すという多様性のある社会を構築しているということらしい。

それで、佐藤さんに聞いてみた。

「ひょっとしたら、まだどこかで蒸気機関車が走っているのでは？」

「そうです。石炭を燃やして走る蒸気機関車は、貴重な動く文化遺産ですから、政府は毎年予算を付けてしっかりと動くように維持管理しています。脱炭素の社会と言っても、全ての石炭の使用を禁止しているわけではないのです。でも、今の時代では、石炭は貴重品で高価なのです。正しく、黒いダイヤですよ」笑いながら佐藤さんが言った。

「もう、そろそろお昼になるので、何か食べたいものはありますか」

サーキット場を出ると佐藤さんが聞いてきた。

私は、この時代に来て毎日が新しい経験なので、そう聞かれても、すぐに何が食べたいのか、分からず、黙っていると、佐藤さんは、「それでは、そこの屋台で、それぞれ好きなお弁当を買って、荒川の河川敷で、みんなで食べましょう」と言った。

ＡＩ技術が進化したこの時代に、屋台とはまったく似合わないけれど、「輝く街」では、多くの市民が思い思いのスタイルで生活しているのだ。２０２０年の世界がそのまま残っているようだ。

私は、カレーライスを注文した。

どこでも、外食でカレーライスをオーダーしておけば失敗することはないのだ。

この時代でも変わっていない。

野菜のカレーだ。カツカレーが食べたいと思ったけれど、２０５０年では豚肉は貴重品なので、トンカツはそう簡単には食べられないとのこと。

荒川の土手に座って、川面のゆったりとした流れを眺めながら、三人で、各々の昼食を摂った。

天気はよく、青空が広がっていて心地良い風が緑の土手の斜面に吹いている。

沢山の市民ランナーが走っている。

昼休み、荒川沿いの土手を多くのランナーが走っているのは昔と変わらない。

ランナーも左腕にリングを嵌めている。

走った距離と時間は位置情報と共に自動で集計され、いつでも誰がどのくらい走り込んでいるのかが分かるという。

面白いのは、ランニングを続けることは「グッドポイント」に加算されるのだ。

趣味で走っているのに、どうして「グッドポイント」になるのか私は佐藤さんに聞いてみた。

それは、こういうことだという。

土手を走ることは、全く個人の自由であるけれど、継続的にランニングすることは健康にいいことなので、病気にかかるリスクが低下し、その結果、医療費の負担が少なくなるから、節約できる医療費に対応する「グッドポイント」を付けて、運動を続けることを奨励する目的だという。走ることだけでなく、散歩についても、歩いた歩数を、やはり左腕のリングで計測し、全てＡＩが評価するのだという。

テニスや太極拳など、全て健康に貢献する運動は「グッドポイント」として評価されるとのこと。

毎朝のラジオ体操はポイントが高いという。ラジオ体操と太極拳はどうやって識別できるのだろうか。それは、手足の動きの加速度とか呼吸数の変化などからＡＩがきっちりと判定しているとのこと。

逆に、健康に寄与する運動を日常生活で取り入れていない人は「グッドポイント」ではなく「バッドポイント」が付いてしまうのだという。

日常生活を左腕リングで計測され、ＡＩでその内容が毎日評価されているのだ。

当初は、日常的に監視計測されることに強い反発があったけれど、市民の健康が増進し、その分、病気になるリスクが低下し、医療費が大きく減少することが明確に示されたことで多くの市民はこの制度に満足しているのだという。

エレベーターに乗らず、階段を歩いて上がるだけでも、僅かではあるけれど「グッドポイント」が付くという。

さらに、定期的に市民マラソンが開催され、例えば、42・195kmを完走すると多くの「グッドポイント」が付くという。

佐藤さんも一度、フルマラソンにエントリーして走ったことがあるけれど、とても完走することはできず、途中から歩いてしまい後続の収容バスに乗ってしまったという。

それでも、30kmまで走った分の「グッドポイント」を手に入れたという。

こういうきめ細かい健康生活の評価もＡＩ技術の進化によって、初めて可能になったのだという。

ここに来てから、一つ、どうしても知りたいことがあったので、佐藤さんに聞いてみた。

「2050年では、人の寿命は延びていますか」

佐藤さんが言うには、幼児の死亡率が大きく下がったので、平均寿命としては高くなっていると思うけれど、寿命は大して変わっていないとのこと。

世界の最高齢の記録は、今でも120歳前後らしい。

確かに医学が発達して老化についての研究は進んでいるけれど、生物にとっての老化は自然の成り行きではないかという。

これまで、老化を遅らせることができると思われる、各種ビタミン、ホルモン、生活ス

6日目　輝く街：Shine City視察

主なグッドポイントの例

選挙における投票の実績	
正しい納税の実績	
自治会への加入	
自治会長・自治会役員の経験	
自治会活動への参加	
児童見守り活動への参加	
各種サークルへの参加（文化系・運動系）	
各種セミナー・講演会等の参加・受講	
災害ボランティア活動の実績	
朝のラジオ体操	
ジョギング	
ウオーキング	
フルマラソン完走	
自転車の利用	
エコドライブ励行	
年２回の定期健康診断の受診	
定期的な予防注射の接種	
医療保険使用実績（少ない場合）	
生活ごみ分別の実施 (自治会単位でリサイクル率が評価される）	
省エネ生活の継続 (推奨エネルギー使用範囲内での生活）	
各種寄付の実績	

タイル、行動様式などについて研究されているけれど、いずれも証明はされていない。ミツバチのロイヤルゼリーもしかりである。

老化の要因としては、いくつかあるようだけれど、今でも、「生命活動速度理論」というものが支持されているようだ。老化は、生命活動の速度によって決まるという。

つまり、素早く動き回るネズミは短命だけれど、カメは長生きするという考え方だ。生物は、大方、この理論にあてはまるという。例えば、肥満の人、つまり食べ過ぎは過度のエネルギー代謝を伴うので、その結果、老化が進み早死にするという。

また、活性酸素の取り過ぎも細胞の劣化が早く起こるので老化が進みやすいという。過度の運動は良くないということらしい。その点では、フルマラソンを走り切ることは健康な生き方ではないのだ。

主なバッドポイントの例

選挙権の放棄（選挙に行かない）	
喫煙の習慣	
過度の飲酒	
過度の肥満の継続	
医療保険使用実績（多い場合）	
ガソリン車での走行（距離に応じて）	
犯罪実績	
交通事故実績	
各種法令規則違反実績	

あまりストレスも感じず、過激な運動もしないで、せいぜい天気の良い日に近くを散歩し、午後は昼寝をし、夕食後はソファーに座って、テレビで好きな昔の映画を観ているような私の２０２０年の生活は、きっと、健康に一番いい生活なのだ。

何となく、長生きできそうな気がしてきた。

２０５０年の医学は進んだけれど、不老不死の見込みはないという。

でも、人工冬眠の研究は続けられていて、遠い将来には宇宙旅行に利用されるかもしれないという。人工冬眠とは、人工的に代謝を下げることで、体温が下がり、その分老化の速度が遅くなることを期待しているという。

経管栄養に繋がれて、眠っている時間の分だけ寿命が延びても大して嬉しいとは思わないけれど。

この時代に急速に進歩したのは遺伝子治療だという。いろいろなガン治療に使われているけれど、遺伝子の人工的な組み換えが世代を超えてどのように影響してくるかは今後の研究課題だという。

昼食を摂った後、そろそろ施設に戻ろうということになって、土手脇に停めてあった車に向かって三人は歩き始めた。

私は、久しぶりの屋外で過ごし、いくらか疲れもあったので直ぐに後部座席に乗り込んで、目を閉じた。

ジョーさんが、外で佐藤さんと何か真剣に話し込んでいるようだ。微かに話し声が聞こえてくる。

しばらくして、ジョーさんが車に近寄ってきて、「ちょっと、用事があるので。ここで失礼しますよ」と窓越しに言ってきた。

私は、きっと、友達でもいるので、寄っていくのだろうと、それ以上は深く考えなかった。


それが、ジョーさんを見た最後だった。

私は、帰りの車の中で、すっかり眠ってしまった。


明日は、前の時代に戻る予定と聞いていた。

あと、もう一回、夜を過ごせばいいのだと、自分に言い聞かせていた。

今日、「輝く街：Shine City」を見て安心した。もし、明日、うまく、昔の時代に戻れなかったら、この町で暮らしていけばいいと思った。

そう考えると、もう何の不安もないと自分に言い聞かせた。

でも、本当は、大きな不安を持っていたのは事実なのだ。

無事に前の時代に戻れることには何の保証もないのだから。


この時代に、私が、どうやって来たのか分からない。

そして、私が、どうやって再び元の時代に戻れるのかも、同じように分からない。

佐藤さんに何度も尋ねてはみたものの、私が理解できるようには答えてくれない。

佐藤さんが言うには、そんなことは誰にも分からないし、私も正しく理解していないのだから、あなたにどうやって説明すればいいのか私にも分からないとのことだった。

佐藤さんから言われたことは、あまり深刻に思わず、明日は、余計なことは考えないで、あなたの居た２０２０年の事だけに意識を集中していることが重要とのことだった。

余計な事を考えて、集中力が乱れると、正しく前の時代に戻れなくなる恐れがあるという。

心に乱れがあると、違う時代に飛ばされてしまうこともあるし、最悪の場合、再合成がうまくできず、体が完全に分子化されて霧散し宇宙に飛び散ってしまうという。

そう言われると、ますます不安が大きくなる。

さらに、佐藤さんが言うには、私は、集中力が強い特殊な能力を持っているという。無事に「時空歪励磁空間」を通ってここまで移動できたのだから、もう一度過去に戻ることには何の心配もなく、十分に可能なのだという。

私は、今まで、そんな集中力を持っているとは意識してこなかったけれど、確かに、今思うと、私は、他の人とはちょっと違っていたのかもしれない。

天気のいい日に、空を眺めていて白い雲が流れてくると、その雲の向こうの世界が見えるような気がすることがよくあった。

いつまでも白い雲の動きを眺めていても決して見飽きることはなく、夕暮れが近づくまで病院の外のベンチに一人、じっとして座っていたこともある。

私は、いくらか緊張した気持ちで部屋に戻った。

結局、ジョーさんはその日、戻ってこなかった。

どうしてジョーさんが部屋に戻ってきていないのか不思議に思ってみたけれど、それよりも、明日、私が前の時代に戻れるのかどうかの方が不安で、ジョーさんの事まで心配する余裕は全くなかったのである。

7日目　再び時空歪励磁空間を通って

今日は、私がここに来てから7日目である。

これまで、この時代のレクチャーを受けてきて、今日は、私が居た懐かしい２０２０年の時代に戻る日である。

実は、私が、この時代に突然出現してこの施設に収容された時から、私が元の時代に戻るスケジュールは決まっていたそうだ。

私には全く理解できないけれど、我々が生きているこの世界は連続した時空の３次元の世界で安定した時間軸で構成されているとのこと。

ところが、どういうわけか、時間軸に微小な歪みが発生することがある。物が消えたり、突然景色が変わったり、音が聞こえたりすることがある。

多少のこういった現象は、普段の生活には全く支障はないのだけれど、時々、時間軸の歪みが増幅されて大きくなってしまうことがある。

昔から、このような異常空間の存在については調べられてはいたものの、いわゆる空想物語で片付けられていた。

しかし、ＡＩ技術が格段に進化し、微弱な励磁データを解析できるようになり、「時空歪励磁空間」の存在が確認されたという。

私がいるこの施設は、「時空歪励磁空間」の研究をしているという。

また、この施設では、ＥＳＰ研究もしているという。ＥＳＰ：超能力というと、インチキだという見方もあるようだけど、ここでは真面目に科学的に調べていて、特定の人には確かに隠れた超能力があるとのこと。

「時空歪励磁空間」の研究は、まだ始まったばかりで、解明されていないことは山ほどあるという。

というより、ほとんど何も分かっていないということらしい。

これまでも私のような事例は数多くあって、そのデータの解析や分析などが進んでいるという。

これまで判明していることは、次のようなことらしい。

過去から「時空歪励磁空間」を経由して移動してきた人は、できるだけ早い時期に、前の時代に戻さなくてはならない。

これまでの事例では、７日以内に戻った方が、本人の肉体的・精神的ダメージが少ないという。

長い時間が経過すると記憶回路に損傷が発生し、たとえ、元の時代に戻れたとしても普通の生活ができなくなる可能性が高くなるという。

一方、元の時代に戻らず、このままこの時代で生きることもできるようだが、その場合は、しばらくすると脳細胞に異常が発生し、その後の細胞分裂がうまくいかず、遺伝子のコピーミスが高効率で発生し、その結果、どうしても極めて短命になるという。

それで、この研究所では、私を1週間以内に前の世界に戻すことを考えていたらしいのである。

ここでは、「時空歪励磁空間」について、あらゆる過去の事例をもとに研究を続けていて、まだまだ解明されていないことは数多いけれど、私のようなケースは、どうも特別な事ではない。

ここまで研究が進んできたのはAIの発展によるものであるが、過去に発生した細かい事例を丹念に精査分析して、やっとのことでここまで分かってきた。

発明王と言われるエジソンや、アインシュタインが「時空歪励磁空間」を使って移動した形跡もあるのだという。

ただし、彼らは、長期にわたって未来に来たわけではなく、ほとんど夢を見ているような極めて短時間だったのだろう。

特に、エジソンの場合は、半覚醒の状態で何度も未来を覗いていたのではないかということらしい。

実は、私を、元の時代に戻すことには、本当は、もっと別な大事な目的があるのだという。

僅か7日間ではあるけれど、私のここでの経験を、元の時代にぜひとも持ち帰ってほしいというのだ。

もちろん、この未来の情報を全て持ち帰ることはできないけれど、少しでも、何か人間の正しい進化に役立ててほしいというのだ。

「時空歪励磁空間」を通過できるのは、有機物に限定されていて、金属類や高分子樹脂などは強い励磁によって急激に発熱することで蒸発し、粒子分散後の再合成がうまくできずに、すべてが基本原子に分解されてしまうという。

その時、私の体は再生できず、仏教の「**輪廻転生**」の教えにあるように、別な生き物になるか、又は地獄に行ってしまうか、最悪は宇宙の塵となってしまい、時空を移動できないという。

手術で足の骨にステンレスの棒が埋め込まれた人や、頭蓋骨の手術の際にチタンプレートで補強されている人は「時空歪励磁空間」を通過できない。金歯を入れている人もだめだし、ズボンのバックルの金具も急激に発熱して蒸発してしまい再合成されないのである。

我々の肉体の有機物は、一旦、瞬間的に分解はされるけれど、励磁により発熱蒸発する前に瞬時に再合成されるので「時空歪励磁空間」を移動できるのである。

しかし、問題もある。

つまり、すべてが完全に再合成されるかというと、そうではなく、再合成が不完全な事例が数多いとのことである。未来での滞在時間が長ければ長いほど、再度、「時空歪励磁空間」を移動する際の再合成において、不具合が発生するリスクが高くなる。遺伝子にダメージが生じるらしい。

それで、私がここに収容されてから7日目の今日、私の時代に早めに戻されることになったのである。

私は一週間前に、ここに来た時と同じ服装で私が発見された同じ場所に立った。時刻も同じ午前11時15分である。

そして、ゆっくりと目を閉じた。

次に、目を開けた時は、いつものベンチに座っていた。

「杏野さん」と私を呼ぶ声に振り向くと、いつもの看護師さんが居た。

そして、彼女は言った。

「そろそろ天気が悪くなるから早めに部屋に戻った方がいいですよ。あら、まあ、裸足なのねえ」

そして、私は、再び、この過去の懐かしい病室に戻った。

左手首にはチタン合金の腕輪は付いていなかった。

私が、1週間の間、未来に行っていたことは誰も知らない。

気持ちが少し落ち着いてから、「1週間、未来に行ってきたよ」と、一度、看護師さんに話をしたことがある。

彼女は、「それは良かったですね」と、一言だけ返事をした。

それ以来、看護師さんにも担当の先生にも、誰にもこの話をしていない。

私のカルテには、「重度の統合失調症の所見あり。顕著な幻視・幻聴の兆候あり」と記載されているのだ。アンダーラインも引いてある。

エピローグ

私が２０５０年の世界から戻ってしばらくした頃のことだ。

私に面会の人が来ているという。

私に面会をする人など誰だろうと、いろいろと思いを巡らせながら人気のない廊下をロビーまでゆっくりと歩いた。

一瞬、誰なのか分からなかった。

「しばらくだねぇ」という声を聞いて、衝撃が走った。

何という事だ、ジョーさんが左手に白い小さな封筒を持って立っていた。

私は、声も出ず、ジョーさんの顔を見つめて立ちすくんでいた。

そして、思わず、ひきつった頬に涙が流れた。

ジョーさんが言った。

「僕を覚えているかい。久しぶりだねえ」

「僕は、一年前に戻ってきていて、ハリウッドに、今まで居たんだ。そこでＳＦ映画のシナリオアドバイザーの仕事をしていて、ようやく新作が完成して、今度、映画が日本でも封切りされるから、杏野さんに招待券を持ってきたよ。映画は、『完全自己責任評価制度』の社会をテーマにしていて、面白いよ」

ジョーさんは白い歯を見せて笑った。

私は、ジョーさんから貰った招待券の入っている白い封筒を震える左手にしっかり握りしめて、ニタリとほほ笑んだ。

帰り際にジョーさんが私の耳元でささやいた。

「俺は、長生きするよ。２０５０年まで」

あとがき

このストーリーは、全て、架空の話である。

しかし、描かれているテーマは、現在、課題とされている、解決しなければならない問題に焦点を当てている。

人工知能ＡＩを活用した「完全自己責任評価制度」については、多くの読者にはそれなりに理解できると思う。

今でも、デジタル社会は存在しているのだから。

しかし、選挙の投票権が一人一票ではないという話には、多くの人は、きっと眉をひそめるだろう。そんなことは平等ではないと。この民主主義の時代にまったく逆行している考えだと。

それでは、逆に聞きたい。平等な社会とは。今の国政選挙では投票率が50％を下回っている。多くの市民が投票していないのだ。選挙で投票しない理由は、それぞれ考え方はいろいろあるのだろうけれど、投票所に足を運ばない人は、民主主義の基本的権利に背を向けているのだ。せっかくの一人一票の制度が泣いてしまっているのだ。

明らかに、今は、選挙権は一人一票であるけれど、その一票の重さは人によって違うと思う。

私たちは、いつも、個人の人権を尊重せよと主張しているけれど、一方で選挙を棄権するということは民主主義における義務と責任をも放棄していると思う。

だから、社会活動への貢献度、各種税の負担状況、良識ある社会生活等から、有効投票権が0・5票から3票まで選挙権に重み付けが設定されることは、むしろ、翻って、より民主主義で公平でもあると言えるのである。

私たちには、選挙において、しっかりと考えて、投票する責任がある。

昔、参政権は50歳を上限とすると言って大きな波紋を起こした人がいるという。その理由は、50歳を超えると人は正しい判断ができなくなるということらしい。今は、70歳まで現役で働こうという時代だから、この考え方はまったく通用しないけれど、それでも、市民の政治への意識をあらゆる手法を使って高める必要があるのだ。

基本的に、我々の民主主義は「間接民主制」である。つまり、選挙で選ばれた議員が法律や生活の仕組みを決定するのである。もし、選んだ議員の行動が思わしくないとしても、我々の意思表示は次の選挙まで待たなければならない。

「間接民主制」における選挙は、極めて重要な市民の意思決定の権利なのである。それなのに50％以上の市民が投票に行かないということは、一人一票の公平性はどこにあるのであろうか。

一方、勇気を持って一票の投票をしたとしても、その一票の意味することは、初めて投票権を得た人と子育てをしている人と朝から夕方遅くまで汗して働いている人と、そして、既に退職してほとんど社会活動にも参加していない人とでは、違うはずである。

「完全自己責任評価制度」における「選挙権の重み付け」は「間接民主制」の精度を高めることに繋がるものと考えることができる、と思っている。

「重み付け」は、何も票差でなくてもいいのかもしれない。でも、投票所に行ったら「お菓子が貰える」程度ではまるで幼稚園でやることだ。

土地の国有化についても、大きな反論があることは分かっている。それは、社会主義国家のやることだと言うだろう。自由主義の国では、個人の自由と権利はどこまでも守られていなければならないと。

私が思うのは、「所有」と「利用」は異なるということだ。格差社会の是正はいつも叫ばれているけれど、「格差」を生む要因は「所有」から始まっていると思う。

物でも土地でも「所有」したいという欲求は、人の根源にあるものだと思う。これを断ち切らないと、格差社会の是正は進まないし、まして、脱炭素社会の構築もままならないのだ。

昔、どこかの王様が山に登り、そこから見渡せる限りの土地、東、西、南そして北を自分の領地としたのが土地の「所有」の始まりである。それから、幾多の長い戦いの結末として、国とか県とか地域が線引きされて、現在に至っている。宇宙からは国境線は見えなかったと。宇宙を飛んだアメリカの飛行士エド・ギブスンが言っている。宇宙からは国境線は見えなかったと。

いつかは、人類は、土地の「所有」から解放されなければならないのだと思う。そうなれば、殺し合うこともなくなるだろう。

私たちの生活が、脱炭素社会へ向かっているのが正しいことであるとしても、2050年での実現は、かなり難しいことと思っている。

我々、いわゆる先進国の生活基盤のエネルギーは電力に依存し過ぎていて、ますます、その割合は高まっている。先進国の快適な生活を目指す開発途上国の電力需要が急速に増加していけば、再生可能エネルギーが普及していくとしても、脱炭素社会の構築は程遠い。我々の住む地球は「炭素」の惑星なのだから、CO_2削減行動の呼称は「脱炭素社会の構築」ではなく「炭素循環社会の構築」の方が分かりやすいと思う。

そして、「炭素循環社会の構築」は科学技術的な手法だけで解決されることではなく、我々の経済システムの大きな変革が必要なのである。

市場経済は安価な化石資源の消費を前提に成り立っているけれど、現在の社会システムでは地球温暖化の進行は防ぎきれない。

二酸化炭素CO_2を削減する目的で「炭素税」の導入は有効であるとしても、その場合は、これまでのような右肩上がりの経済成長は望めない。

二酸化炭素の排出に「値段」をつけ、排出量の削減を促す「カーボンプライシング」の導入の検討が進められている。

その「値段」、コストは誰が負担するのだろうか。それは、我々市民に他ならない。我々は、覚悟して「炭素循環社会」を生きていかなくてはならないのだ。

環境破壊の要因とされる大量生産、大量廃棄の仕組みは、実は、我々が望んだ結果なのである。少しでも安価な商品の供給を、いつも望んでいるのは、我々なのである。

我々は、多少不便でも、少々高くても、環境に配慮した商品を選択することが素直にできるのであろうか。

「脱炭素社会」とはそういうことだ。脱炭素に伴うコストを我々が負担するということだ。そのためには、税制を含めた、何度かの経済システムの変革が必要だと思う。

そして、その大きな変革には、我々一人ひとりの小さな努力の積み重ねが必要だと思うけれど、それには、どうしても世代を超えた時間が求められる。

でも、それでは遅すぎると思う。

少しでも地球温暖化の進行を遅らせるという意味で、我々は、いますぐにでも、行動を起こさなければならないのだ。


脱炭素社会は、ガソリン車から電気自動車への乗り換えという単純なことではなく、便利で快適な自動車を各自が所有するという、今の、我々一人ひとりの生活方式が問われる大きな意識の変革が求められる。

繰り返すけれど、「所有」から「利用」への意識の変換である。

今、集合住宅から見下ろす駐車場には、たくさんの車がいつも停まっていて動く気配がない。

太陽光発電を中心とした再生可能エネルギーへの積極的な転換は、温室効果ガスの低減に確かに有効である。

しかし、何事においてもそうであるけれど、単一のシステムは、いつも脆弱であり、きわめて不安定である。

それ故、エネルギーの供給システムについて、太陽光、風力、バイオマス発電などの再生可能エネルギーを基幹にするとしても、既存のエネルギーシステム、石油、天然ガス、石炭などとの複合的な利用が必要なのである。また、原子力発電については、さらに、再度の慎重な検討が必要であろう。


我々が、生物種の一種である以上、生物多様性の維持は、この地球において何事にも優先される。

今、新型コロナウイルス感染が拡大している状況で、世界が大きく変わろうとしている。我々の進化した科学技術はコロナワクチンを開発し、感染を抑え込みつつある。

我々は、ワクチン接種に大きな期待をしているけれど、一方で、接種に副反応があるという理由で接種を見送る人々もいるという。

副反応の一例として、「ギラン・バレー症候群」を発症するという報道もあるようだ。

しかし、「ギラン・バレー症候群」は、ワクチン接種の有無にかかわらず、約10万人に一人は発症しているのだ。

確かに、ワクチン接種による副反応があるとしても、そのリスクよりも新型コロナウイルスに感染するリスクを避けなければならないと思う。

しかし、「多様性のある社会」においては、接種をしないという選択肢があってもいいと思っている。ひょっとしたら、ワクチン接種をしなかった人の遺伝子だけが、遠い将来、生き残っているのかもしれない。

いろいろと、私の思いを述べてきた。

このストーリーを読んだ人は、明日、何をすればいいか、思いを巡らせてほしい。

そして、ぜひとも、次の選挙には、よく考えて、貴重な一票を投じてほしい。

私は、占い師でもなければ予想屋でもないし、まして人気作家でもない。

私が、常日頃、世の中が、少しでも良くなればいいな、と思っていることを文字にしただけである。

もう一つ付け加えると、5月の雪の富士山は、登山・スキーは禁止なので、ぜひとも五合目から白い山頂を眺めるだけにしてほしい。

以上

杏野　雲（あんの　うん）
1944年生まれ
環境コンサルタント

セブンデイズ・7Days
未来からの提言

2021年11月30日　初版第1刷発行

著　者　杏野　雲
発行者　中田典昭
発行所　東京図書出版
発行発売　株式会社 リフレ出版
〒113-0021　東京都文京区本駒込 3-10-4
電話 (03)3823-9171　FAX 0120-41-8080
印　刷　株式会社 ブレイン

ISBN978-4-86641-482-9 C0093
Printed in Japan 2021